U0469190

热风

鲁迅自评版作品集

鲁迅 著 刘增人 编纂

济南出版社

图书在版编目（CIP）数据

热风 / 鲁迅著；刘增人编纂 . -- 济南：济南出版

社，2025.3. -- （鲁迅自评版作品集）. -- ISBN 978-7-

5488-6951-1

Ⅰ . I210.4

中国国家版本馆 CIP 数据核字第 2025M58N06 号

出 版 人　谢金岭
出版统筹　刘秋娜
责任编辑　刘秋娜
装帧设计　牛　钧

出版发行　济南出版社
地　　址　山东省济南市二环南路 1 号（250002）
编 辑 部　（0531）82774073
发行电话　（0531）67817923 / 86018273 / 86131701 / 86922073
印　　刷　山东临沂新华印刷物流集团有限责任公司
版　　次　2025 年 3 月第 1 版
印　　次　2025 年 3 月第 1 次印刷
开　　本　145mm×210mm　32 开
印　　张　5
字　　数　81 千字
书　　号　ISBN 978-7-5488-6951-1
定　　价　26.00 元

如有印装质量问题　请与出版社出版部联系调换
电话：0531-86131736

版权所有　盗版必究

编纂缘起

一

2024年1月，济南出版社邀请我为出版名家经典方面的选题出谋划策。3月中旬，在济南出版社召开的一次小型座谈会上，我提出了两个选题建议，其中之一是中国现代文学名家自评书系。现在看到的"鲁迅自评版作品集"就是自评书系的第一种。

谁来编纂这套关于鲁迅作品的书？第一时间我想到刘增人老师（以下简称"刘老师"）。1978年3月，作为77级学生，我听到的第一个学术报告就是关于鲁迅的，而报告人正是刘老师。1979年，第一次读到书新老师编写的学术著作《鲁迅生平自述辑要》，作者之一也是刘老师。1980年，偶然翻阅《中国现代文学研究丛刊》时，惊喜地看到了刘老师的论文《鲁迅日记中的冯雪峰》。1981年，第一次旁听学术研讨会，是暑期在青岛举行的山东省纪念鲁迅诞辰100周年学术讨论会，刘老师的发言在会上产生了良好的反响……我对鲁迅的学术认知是刘老师启蒙的。此后，我经常读到刘老师在《鲁迅研究》、《鲁迅研究月刊》(前身为《鲁迅研究动态》)、《山东师范大学学报》等刊物上发表的研究《呐喊》《彷徨》《故事新编》及鲁迅人格范型的系列学术论文，对他的鲁迅研究更加敬佩。后来得知刘老师被人民文学出版社聘为新版(即2005年版)《鲁迅全集》修订编辑委员会委员，主要负责新版第四卷的修订编辑工作。他与冯光廉教授、谭桂林教授合作出版的《多维视野中的鲁迅》获得山东省社会科学优秀成果奖一等奖。他还负责组建了据说是国内第一个鲁迅研究中心，并担任主任。每年一部的《鲁迅研究年鉴》由刘老师与郑欣淼、孙郁主编。从《2003年鲁迅研究论文综述》到《2014年鲁迅研究述评》《2014年鲁迅研究中的热点和亮点》，每年都有刘老师与崔云伟合作的鲁迅研究之研究的论文发表……因此，我举贤不避"亲"，向出版社郑重推荐，请刘老师编纂这套关于鲁迅作品的书，书原名为"鲁迅创作自评书系"。

出版社同意后，我征求了刘老师的意见。刘老师愉快地答应了，并且很快发来这套书的初步设想：

鲁迅先生是中国现代伟大的作家与思想家，他的文学创作是中国百余年来宝贵的精神财富。阅读与研究鲁迅的文学作品，是中国读书界与学术界永恒的事业，是永不凋谢的心灵之花。而鲁迅对自己文学创作的评价与反顾，则是我们后辈深入理解鲁迅文学创作最便捷、最可信的途径。

为此，我们为广大读者和研究者提供这一"鲁迅创作自评书系"，希望给愿意对鲁迅文学创作登堂入室直探辉煌的同行者提供必备的钥匙和路灯！其中有鲁迅对自我创作历程或欣喜或悲悯的回顾，有对同行挚友的感戴与敬仰，有对时代背景的真知灼见与深情缕述，有对文坛宵小的嘲讽，有对"党国"检察官卑劣手法与心态的揭露……文章千古事，得失寸心知！我们将以这样一套书系，与您一路攀登，一路收获，一路欣悦！

本书系拟编为18册，即《呐喊》《彷徨》《故事新编》《野草》《朝花夕拾》《坟》《热风》《华盖集》《华盖集续编》《而已集》《三闲集》《二心集》《南腔北调集》《伪自由书》《准风月谈》《花边文学》《且介亭杂文》《且介亭杂文二集》。

每册内容如下：

一、鲁迅著作原文

二、鲁迅对该册及具体作品的自评与回忆

三、编者对该册版本流变的概括介绍

……

二

本套书编纂者的几个重要情况介绍如下。

1. 编纂者的年龄

刘老师生于 1942 年，本套书面世时 83 周岁。在耄耋之年、身体多病的情况下，他按时完成了原计划的全部书稿，除鲁迅原作及自评内容外，还包括各册版本流变的概括介绍等。如此高龄，如此短的时间，完成如此繁重的任务，令人敬佩。

2. 编纂者在岗期间主要工作简介

1963 年，刘老师于山东师范学院中文系毕业后，在泰安师专历任助教、讲师、副教授。曾任泰安师专中文系副系主任、泰安市人大代表等。在泰安工作期间，他与冯光廉教授合作出版《王统照研究资料》、"中国现代作家选集"《王统照》《臧克家》等著作；他还撰写了稍后出版的，也是与冯光廉教授合著的《叶圣陶研究资料》《臧克家研究资料》《臧克家作品欣赏》等著作；他还主编并出版了《中国现代文学》《中国现代文学作品选》等。

1987年底，刘老师被调到青岛大学中文系，不久晋升教授。退休前，刘老师在青岛大学主要承担了三大类工作：教学、行政、科研。教学工作包括本科的中国现代文学史课、非中文专业的文学欣赏课，助教进修班和研究生的教学任务，还主持完成了多项教学成果，其中两项获得山东省省级教学成果奖的一等奖。行政工作主要是先后担任副系主任、系主任，负责申报的三个硕士学位授权点均获得成功，领衔申报的博士点通过了通讯评议，成为青岛大学中文专业有史以来距离博士点最近的一次。科研方面出版了《叶圣陶传》《王统照传》《臧克家诗歌选读》《王统照论》《中国新诗启示录——臧克家论稿》《〈繁星〉〈春水〉导读》《刘增人文选》等，还有与张用蓬合著《中国近百年文学体式流变史·戏剧体式卷》，另外还有与冯光廉教授共同主编的学术著作《中国新文学发展史》，与冯光廉教授和谭桂林教授共同主编的《多维视野中的鲁迅》，等等。这期间，他获得山东省社会科学优秀成果奖一等奖、山东省第一届齐鲁文学奖等。总之，在鲁迅研究之外，刘老师又取得了多方面的显著成果。2000年，他当选青岛市劳动模范，可谓实至名归。

3. 编纂者退休后的成就

2003年，刘老师退休了。先是他的散文创作引人瞩目，如他的散文名篇《滇绿》雅俗共赏："雅"的证据是收入人民文学出版社编选出版的《21世纪年度散文选——2009散文》；"俗"的证据是此文的网络阅读量很快就达到"10万+"。更令人震惊的是，退休后刘老师的中国近现代文学期刊研究取得了同行难以比拟的成就：在本学科权威学术期刊《文学评论》《中国现代文学研究丛刊》《新文学史料》等连续发表研究中国近现代文学期刊的学术论文，先后出版了研究中国近现代文学期刊学术著作《中国现代文学期刊史论》《1872－1949文学期刊信息总汇》。这两种著作均获得教育部颁发的高等学校科学研究优秀成果奖（人文社会科学）二等奖。科研项目方面，刘老师既拿到两项国家社科基金项目，又拿到"国家三大基金"之一的国家出版基金项目，更难得的是他又荣膺国家社科基金重大项目首席专家。这些奖项和项目都是关于研究中国近现代文学期刊的。

山东师范大学早在20世纪50年代末，就开始构建国内中国现代文学史料研究的学术高地，也是中国现代文学期刊的学术高地。60年代初期推出中国现代文学期刊整理的最早成果《1937－1949年主要文学期刊目录索引》（含文学期刊30种），到80年代初期与北京大学同行共同编纂《中国现代文学期刊目录汇编》（出版后成为权威资料著作）。2005年，刘老师率领其研究生编著的《中国现代文学期刊史论》（新华出版社出版，116万字），勘探出中国现代文学期刊的数量，由《中国现代文学期刊目录汇编》收集到的276种期刊，扩大到3500多种。2015年，刘老师带领女儿、女婿，以一家之力又完成了惊世大业，编著成500多万字、四大卷的学术巨著《1872－1949文学期刊信息总汇》。该书容纳的期刊总数超过了1万种。我曾经做过如下比喻："这一个个不断攀升的纪录，好似一座座越来越高的山峰。假如把一个期刊比作1米，《1937－1949年主要文学期刊目录索引》像是一个30米高的土包，《中国现代文学期刊目录汇编》像是276米的小山，《中国现代文学期刊史论》则是3500多米的高峰，《1872－1949

文学期刊信息总汇》简直就是耸入万米云霄的世界屋脊。"表面看只是期刊数量的一次次剧增，实际上是在不断拓展恢宏广大的中国近现代文学世界。

这就是编纂本套书的刘增人教授。

魏建

2024年11月

出版说明

　　鲁迅的作品不仅是文学创作的典范，也是时代的写照。他的小说以深刻洞察剖析社会与人性，唤起大众的觉醒意识；他的散文用真挚情感和细腻笔触回忆童年与过往，既有温情童趣，又有对人生社会的思考；他的散文诗以独特象征手法和深邃哲理，展现内心矛盾挣扎及对理想的执着追求，给人启迪与震撼；他的杂文如投枪匕首，直斥反动势力的暴行、社会的腐朽。为帮助读者更好地阅读、更透彻地理解鲁迅及其作品，根据中国现当代文学国家重点学科学术带头人、山东师范大学教授魏建的建议，从鲁迅"自评"的视角出发，我们策划了丛书"鲁迅自评版作品集"。

　　本丛书收录的是鲁迅自编的作品集，涵盖小说、散文、散文诗、杂文，共18册，主要包括鲁迅作品的原文及"鲁迅自评"板块。"鲁迅自评"板块包括鲁迅的写作目的、写作心境、对自己作品的评价及成书过程等,与作品相关的,鲁迅本人对作品的直接阐述均有收录,真实地展现了鲁迅的创作状态,描摹了鲁迅创作的心路历程,反映了鲁迅自己的"鲁迅观"。其中精选了鲁迅的大量自评、自述文字,力图真实地展现鲁迅的思想、风采、品格、情操、意志乃至审美方式、话语艺术、处世哲学等仅仅属于鲁迅个人的特质,使读者能够与鲁迅进行深度的灵魂交流,汲取鲁迅思想的滋养。

本丛书也是研究鲁迅及其文学创作的资料宝库。鲁迅自评的内容,为读者深入研究鲁迅的写作心境、文学思想、创作状态等提供了关键线索,能帮助读者探究其在不同时期受社会环境、个人经历影响而产生的创作转变。

在本丛书的编撰过程中,参考了已出版的诸多《鲁迅全集》版本,如1938年版、1981年版、2005年版等,以及近几十年一些研究鲁迅的文章和读物,在此一并表示感谢。坚持尊重历史、尊重原著的原则,严格保证作品内容的完整性,保留带有鲁迅个人风格与时代印记的用语,保留异体字、通假字及原版本标点符号用法，呈现给读者原汁原味的鲁迅作品。同时，根据读者的阅读习惯，参照《现代汉语词典》《辞海》等工具书，以简明易懂、通俗畅达为宗旨，对较难理解的字词、语句酌加注释，以提高读者的阅读体验。

希冀借助本丛书的出版，推动鲁迅作品在当代的传播与研究，让鲁迅的文字继续照亮后来者的思考之路。

目录

鲁迅自评

热风

鲁迅自评

《热风》

·

自评

◆

〔三月〕二十五日　晴，风。上午访李小峰，选定杂感[1]。往北大取前年五月分薪水八元，六月分五元。往东亚公司买《学芸論钞》《小説研究十二〔六〕講》《叛逆者》各一本，共泉四元六角。晚往新民〔明〕剧场观女师大哲教系游艺会演剧。

《鲁迅日记》
（一九二五年）

---

1 杂感，即《热风》。

〔十一月〕十四日　晴。上午得丛芜信并稿。下午曙天、衣萍、品青、小峰来，并赠《热风》四十本。

《鲁迅日记》
（一九二五年）

◆

我编《热风》时，除遗漏的之外，又删去了好几篇。这一回却小有不同了，一时的杂感一类的东西，几乎都在这里面。

《华盖集·题记》
（一九二五年十二月三十一日）

◆

　　我今天另封寄给你三本书，一是翻译，两本是我的杂感集，但也无甚可观。

　　　　　　　《致李秉中》
　　　　　　（一九二六年六月十七日）

◆

　　记得初提倡白话的时候，是得到各方面剧烈的攻击的。后来白话渐渐通行了，势不可遏，有些人便一转而引为自己之功，美其名曰"新文化运动"。又有些人便主张白话不妨作通俗之用；又有些人却道白话要做得好，仍须看古书。前一类早已二次转舵，又反过来嘲骂"新文化"了；后二类是不得已的调和派，只希图多留几天僵尸，到现在还不少。我曾在杂感上掊击过的。

《写在〈坟〉后面》
（一九二六年十一月十一日）

◆

《热风》（一九一八至二四年的短评。印行所同上[1]）。

《鲁迅译著书目》
（一九三二年四月二十九日）

————

1 指北新书局。

《随感录二十五》《四十》《四十九》
·
自评

◆

　　第二，对于家庭问题，我在《新青年》的《随感录》（二五，四十，四九）中，曾经略略说及，总括大意，便只是从我们起，解放了后来的人。论到解放子女，本是极平常的事，当然不必有什么讨论。但中国的老年，中了旧习惯旧思想的毒太深了，决定悟不过来。譬如早晨听到乌鸦叫，少年毫不介意，迷信的老人，却总须颓唐半天。虽然很可怜，然而也无法可救。没有法，便只能先从觉醒的人开手，各自解放了自己的孩子。自己背着因袭的重担，肩住了黑暗的闸门，放他们到宽阔光明的地方去；此后幸福的度日，合理的做人。

《我们现在怎样做父亲》
（一九一九年十月）

《三十三》

·

自评

◆

〔九月〕二十六日　晴。上午寄王式乾信。下午收本月奉泉百五十。晚杜海生来，交与泉二元，曾吕仁母寿屏资也。夜宋子佩来。作《随感录》一篇[1]，四叶。

《鲁迅日记》
（一九一八年）

1《随感录》一篇，即《三十三》。后收入《热风》。

《三十五》《三十六》
·
自评

◆

〔十一月〕一日　昙。上午得钱玄同信，午后复。小雨即止。夜作《随感录》二则[1]。

《鲁迅日记》
（一九一八年）

1《随感录》二则，即《三十五》《三十六》。后均收入《热风》。

《三十七》

自评

◆

　　来信的最大误解处，是我所批评的是社会现象，现在陈先生[1]根据了来攻难的，却是他本身的态度。如何是社会现象呢？本志前号《克林德碑》篇内已经举出：《新武术》序说，"世界各国，未有愈于中华之新武术者。前庚子变时，民气激烈……"序中的庚子，便是《随感录》所说的一千九百年，可知对于"鬼道主义"明明大表同情。要单是一人偶然说了，本也无关重要；但此书是已经官署审定，又很得教育家欢迎，——近来议员又提议推行，还未知是否同派，——到处学习，这便是的确成了一种社会现象；而且正是"鬼道主义"精神。我也知道拳术家中间，必

1　陈先生，即陈铁生（1864—1940），名绍枚，字铁生，广东新会人，新闻记者。

有不信鬼道的人；但既然不见出头驳斥，排除谬见，那便是为潮流遮没，无从特别提开。譬如说某地风气闭塞，也未必无一二开通的人，但记载批评，总要据大多数立言，这一二人决遮不了大多数。所以个人的态度，便推翻不了社会批评；这《随感录》第三十七条，也仍然完全成立。

…………

总之中国拳术，若以为一种特别技艺，有几个自己高兴的人，自在那里投师练习，我是毫无可否的意见；因为这是小事。现在所以反对的，便在：（一）教育家都当作时髦东西，大有中国人非此不可之概；（二）鼓吹的人，多带着"鬼道"精神，极有危险的豫兆。所以写了这一条随感录，倘能提醒几个中国人，则纵令被骂为"刚毅[1]之不如"，也是毫不介意的事。

《关于〈拳术与拳匪〉》
（一九一九年三月二日）

---

1 刚毅（1834—1900），满洲镶蓝旗人，清朝末年顽固派大臣之一。

◆

　　鲁迅按：在五六年前，我对于中国人之发"打拳热"，确曾反对过，那是因为恐怕大家忘却了枪炮，以为拳脚可以救国，而后来终于吃亏。现在的意见却有些两样了。用拳来打外国人，我想，大家是已经不想的了。所以倒不妨学学。一，因为动手不如开口之险。二，阶级战争经许多人反对，虽然将不至于实现，但同级战争大约还是不免的。即如"文艺的分野"上罢，据我推想，倘使批判，谣诼，中伤都无效，如果你不懂得几手，则会派人来打你几拳都说不定的。所以为生存起见，也得会打拳，无论你所做的事是文化还是武化。

　　　　　　《〈这回是第三次〉按语》
　　　　　　（一九二八年四月三十日）

14

《四十三》《四十六》《五十三》
·
自评

◆

还有，我曾经说，自己并非创作者，便在上海报纸的《新教训》里，挨了一顿骂。但我辈评论事情，总须先评论了自己，不要冒充，才能像一篇说话，对得起自己和别人。我自己知道，不特并非创作者，并且也不是真理的发见者。凡有所说所写，只是就平日见闻的事理里面，取了一点心以为然的道理；至于终极究竟的事，却不能知。便是对于数年以后的学说的进步和变迁，也说不出会到如何地步，单相信比现在总该还有进步还有变迁罢了。所以说，"我们现在怎样做父亲。"

《我们现在怎样做父亲》
（一九一九年十月）

《五十六 "来了"》
·
自评

◆

　　《热风》中有《来了》一则，臆测而已，这却是具象的实写；而贼自己也喊"来了"，则为《热风》作者所没有想到的。此理易明："贼"即民耳，故逃与追不同，而所喊的话如一：易地则皆然。

《立此存照（六）》
（一九三六年十月二十日）

16

《即小见大》

·

自评

◆

　　提起牺牲，就使我记起前两三年被北大开除的冯省三。他是闹讲义风潮之一人，后来讲义费撤去了，却没有一个同学再提起他。我那时曾在《晨报副刊》上做过一则杂感[1]，意思是牺牲为群众祈福，祀了神道之后，群众就分了他的肉，散胙。

　　　　　　　　　　《致许广平》
　　　　　　　（一九二五年五月十八日）

---

1 一则杂感，指《即小见大》。后收入《热风》。

《望勿"纠正"》

·

自评

◆

　　要是错了，即使月久年深，也决不惜追加订正，例如对于汪原放先生"已作古人"一案，其间竟隔了几乎有两年。——但这自然是只对于看过《热风》的读者说的。

《不是信》

（一九二六年二月一日）

热风

《热风》是鲁迅出版最早的杂文集，一九二五年十一月由北京北新书局初版发行。除写于一九二五年十一月三日的《题记》外，收杂文四十一篇。

其中，《随感录二十五》《三十三》《三十五》《三十六》《三十七》《三十八》六篇写于一九一八年。《随感录三十九》《四十》《四十一》《四十二》《四十三》《四十六》《四十七》《四十八》《四十九》《五十三》《五十四》《五十六 "来了"》《五十七　现在的屠杀者》《五十八　人心很古》《五十九 "圣武"》《六十一　不满》《六十二　恨恨而死》《六十三 "与幼者"》《六十四　有无相通》《六十五　暴君的臣民》《六十六　生命的路》二十一篇写于一九一九年。

以上二十七篇，皆发表于《新青年》。

《智识即罪恶》《事实胜于雄辩》写于一九二一年，发表于《晨报副刊》。

《估〈学衡〉》《为 "俄国歌剧团"》《无题》《"以震其艰深"》《所谓 "国学"》《儿歌的 "反动"》《"一是之学说"》《不懂的音译》《对于批评家的希望》《反对 "含泪"的批评家》《即小见大》十一篇写于一九二二年，发表于《晨报副刊》。

最后一篇《望勿 "纠正"》写于一九二四年一月，发表于《晨报副刊》。

鲁迅生前，《热风》共印行十版次。

题记

现在有谁经过西长安街一带的，总可以看见几个衣履破碎的穷苦孩子叫卖报纸。记得三四年前，在他们身上偶而还剩有制服模样的残余；再早，就更体面，简直是童子军[1]的拟态。

那是中华民国八年，即西历一九一九年，五月四日北京学生对于山东问题的示威运动以后，因为当时散传单的是童子军，不知怎的竟惹了投机家的注意，童子军式的卖报孩子就出现了。其年十二月，日本公使小幡酉吉抗议排日运动，情形和今年大致相同；只是我们的卖报孩子却穿破了第一身新衣以后，便不再做，只见得年不如年地显出穷苦。

我在《新青年》的《随感录》中做些短评，还在这前一年，因为所评论的多是小问题，所以无可道，原因也大都忘却了。但就现在的文字看起来，除几条泛论之外，有的是对于扶

---

1 童子军，使儿童接受军事化训练的一种组织。

乩，静坐，打拳而发的；有的是对于所谓"保存国粹"而发的；有的是对于那时旧官僚的以经验自豪而发的；有的是对于上海《时报》的讽刺画而发的。记得当时的《新青年》是正在四面受敌之中，我所对付的不过一小部分；其他大事，则本志具在，无须我多言。

五四运动之后，我没有写什么文字，现在已经说不清是不做，还是散失消灭的了。但那时革新运动，表面上却颇有些成功，于是主张革新的也就蓬蓬勃勃，而且有许多还就是在先讥笑，嘲骂《新青年》的人们，但他们却是另起了一个冠冕堂皇的名目：新文化运动。这也就是后来又将这名目反套在《新青年》身上，而又加以嘲骂讥笑的，正如笑骂白话文的人，往往自称最得风气之先，早经主张过白话文一样。

再后，更无可道了。只记得一九二一年中的一篇是对于所谓"虚无哲学"而发的；更后一年则大抵对于上海之所谓"国学家"而发，不知怎的那时忽而有许多人都自命为国学家了。

自《新青年》出版以来，一切应之而嘲骂改革，后来又赞成改革，后来又嘲骂改革者，现在拟态的制服早已破碎，显出自身的本相来了，真所谓"事实胜于雄辩"，又何待于纸笔喉舌的批评。所以我的应时的浅薄的文字，也应该置之不顾，一任其消灭的；但几个朋友却以为现状和那时并没有大两样，也还可以存留，给我编辑起来了。这正是我所悲哀的。我以为凡对于时弊的攻击，文字须与时弊同时灭亡，因为这正如白血轮之酿成疮疖一般，倘非自身也被排除，则当它的生命的存留中，也即证明着病菌尚在。

但如果凡我所写，的确都是冷的呢？则它的生命原来就没有，更谈不到中国的病证究竟如何。然而，无情的冷嘲和有情的讽刺相去本不及一张纸，对于周围的感受和反应，又大概是所谓"如鱼饮水冷暖自知"的；我却觉得周围的空气太寒冽了，我自说我的话，所以反而称之曰《热风》。

一九二五年十一月三日之夜，鲁迅。

随感录二十五

　　我一直从前曾见严又陵[1]在一本什么书上发过议论，书名和原文都忘记了。大意是："在北京道上，看见许多孩子，辗转于车轮马足之间，很怕把他们碰死了，又想起他们将来怎样得了，很是害怕。"其实别的地方，也都如此，不过车马多少不同罢了。现在到了北京，这情形还未改变，我也时时发起这样的忧虑；一面又佩服严又陵究竟是"做"过赫胥黎《天演论》的，的确与众不同：是一个十九世纪末年中国感觉锐敏的人。

　　穷人的孩子蓬头垢面的在街上转，阔人的孩子妖形妖势娇声娇气的在家里转。转得大了，都昏天黑地的在社会上转，同他们的父亲一样，或者还不如。

　　所以看十来岁的孩子，便可以逆料二十年后中国的情形；看二十多岁的青年，——他们大抵有了孩子，尊为爹爹了，——

1　严又陵（1854—1921），名复，字又陵，又字几道，福建闽侯（今属福州）人，清末启蒙思想家、翻译家。

便可以推测他儿子孙子，晓得五十年后七十年后中国的情形。

中国的孩子，只要生，不管他好不好，只要多，不管他才不才。生他的人，不负教他的责任。虽然"人口众多"这一句话，很可以闭了眼睛自负，然而这许多人口，便只在尘土中辗转，小的时候，不把他当人，大了以后，也做不了人。

中国娶妻早是福气，儿子多也是福气。所有小孩，只是他父母福气的材料，并非将来的"人"的萌芽，所以随便辗转，没人管他，因为无论如何，数目和材料的资格，总还存在。即使偶尔送进学堂，然而社会和家庭的习惯，尊长和伴侣的脾气，却多与教育反背，仍然使他与新时代不合。大了以后，幸而生存，也不过"仍旧贯如之何"，照例是制造孩子的家伙，不是"人"的父亲，他生了孩子，便仍然不是"人"的萌芽。

最看不起女人的奥国人华宁该尔[1]（Otto Weininger）曾把女人分成两大类：一是"母妇"，一是"娼妇"。照这分法，男人便也可以分作"父男"和"嫖男"两类了。但这父男一类，却又可以分成两种：其一是孩子之父，其一是"人"之父。第一种只会生，不会教，还带点嫖男的气息。第二种是生了孩子，还要

---

1 华宁该尔（1880—1903），奥地利人，仇视女性主义者。

想怎样教育，才能使这生下来的孩子，将来成一个完全的人。

前清末年，某省初开师范学堂的时候，有一位老先生听了，很为诧异，便发愤说："师何以还须受教，如此看来，还该有父范学堂了！"这位老先生，便以为父的资格，只要能生。能生这件事，自然便会，何须受教呢。却不知中国现在，正须父范学堂；这位先生便须编入初等第一年级。

因为我们中国所多的是孩子之父；所以以后是只要"人"之父！

（最初发表于1918年9月15日北京《新青年》第五卷第三号）

三十三

现在有一班好讲鬼话的人，最恨科学，因为科学能教道理明白，能教人思路清楚，不许鬼混，所以自然而然的成了讲鬼话的人的对头。于是讲鬼话的人，便须想一个方法排除他。

其中最巧妙的是捣乱。先把科学东扯西拉，屭进鬼话，弄得是非不明，连科学也带了妖气：例如一位大官[1]做的卫生哲学，里面说——

> 吾人初生之一点，实自脐始，故人之根本在脐。……故脐下腹部最为重要，道书所以称之曰丹田。

用植物来比人，根须是胃，脐却只是一个蒂，离了便罢，有什么重要。但这还不过比喻奇怪罢了，尤其可怕的是——

---

[1] 一位大官，指蒋维乔（1873—1958），字竹庄，号因是子，江苏武进（今常州）人，民国初年曾任南京临时政府教育部秘书长，当时任北洋政府教育部参事。

精神能影响于血液，昔日德国科布博士发明霍乱（虎列拉）病菌，有某某二博士反对之，取其所培养之病菌，一口吞入，而竟不病。

据我所晓得的，是Koch博士[1]发见（查出了前人未知的事物叫发见，创出了前人未知的器具和方法才叫发明）了真虎列拉菌；别人也发见了一种，Koch说他不是，把他的菌吞了，后来没有病，便证明了那人所发见的，的确不是病菌。如今颠倒转来，当作"精神能改造肉体"的例证，岂不危险已极么？

　　捣乱得更凶的，是一位神童[2]做的《三千大千世界图说》。他拿了儒，道士，和尚，耶教的糟粕，乱作一团，又密密的插入鬼话。他说能看见天上地下的情形，他看见的"地球星"，虽与我们所晓得的无甚出入，一到别的星系，可是五花八门了。因为他有天眼通[3]，所以本领在科学家之上。他先说道——

　　今科学家之发明，欲观天文则用天文镜……然犹不能

1 Koch博士，科荷博士（1843—1910），德国病菌学家。
2 一位神童，指当时山东历城一个叫江希张的孩子。
3 天眼通，佛家语，所谓"六通"之一，即能透视常人目力所不能见的东西。

持此以观天堂地狱也。究之学问之道如大海然，万不可入

海饮一滴水，即自足也。

他虽然也分不出发见和发明的不同，论学问却颇有

理。但学问的大海，究竟怎样情形呢？他说——

赤精天……有毒火坑，以水晶盖压之。若遇某星球将

坏之时，即去某星球之水晶盖，则毒火大发，焚毁民物。

众星……大约分为三种，曰恒星，行星，流星。……

据西学家言，恒星有三十五千万，以小子视之，不下

七千万万也。……行星共计一百千万大系。……流星之多，

倍于行星。……其绕日者，约三十三年一周，每秒能行

六十五里。

日面纯为大火。……因其热力极大，人不能生，故太

阳星君居焉。

其余怪话还多；但讲天堂的远不及六朝方士的《十洲记》，讲地

狱的也不过钞袭《玉历钞传》。这神童算是糟了！另外还有感慨

的话，说科学害了人。上面一篇"嗣汉六十二代天师正一真人

张元旭"的序文，尤为单刀直入，明明白白道出——

> 自拳匪假托鬼神，致招联军之祸，几至国亡种灭，识
> 者痛心疾首，固已极矣。又适值欧化东渐，专讲物质文明
> 之秋，遂本科学家世界无帝神管辖，人身无魂魄轮回之说，
> 奉为国是，俾播印于人人脑髓中，自是而人心之敬畏绝矣。
> 敬畏绝，而道德无根柢以发生矣！放僻邪侈，肆无忌惮，
> 争权夺利，日相战杀，其祸将有甚于拳匪者！……

这简直说是万恶都由科学，道德全靠鬼话；而且与其科学，不如
拳匪[1]了。从前的排斥外来学术和思想，大抵专靠皇帝；自六朝
至唐宋，凡攻击佛教的人，往往说他不拜君父，近乎造反。现在
没有皇帝了，却寻出一个"道德"的大帽子，看他何等利害。不
提防想不到的一本绍兴《教育杂志》里面，也有一篇仿古先生的
《教育偏重科学无甯偏重道德》（甯字原文如此，疑是避讳）的论
文，他说——

---

1 拳匪，对参加义和团的民众的蔑称。

西人以数百年科学之心力，仅酿成此次之大战争。……科学云乎哉？多见其为残贼人道矣！

偏重于科学，则相尚于知能；偏重于道德，则相尚于欺伪。相尚于欺伪，则祸止于欺伪，相尚于知能，则欺伪莫由得而明矣！

虽然不说鬼神为道德根本，至于向科学宣告死刑，却居然两教同心了。所以拳匪的传单上，明白写着——

"孔圣人 傅言由山东来，赶紧急传，并无虚言！"（傅
张天师
字原文如此，疑傳字之误。）

照他们看来，这般可恨可恶的科学世界，怎样挽救呢？《灵学杂志》内俞复先生答吴稚晖先生书里说过："鬼神之说不张，国家之命遂促！"可知最好是张鬼神之说了。鬼神为道德根本，也与张天师和仿古先生的意见毫不冲突。可惜近来北京乩坛，又印出一本《感显利冥录》，内有前任北京城隍白知和谛闲法师的问答——

师云：发愿一事，的确要紧。……此次由南方来，闻某处有济公临坛，所说之话，殊难相信。济祖是阿罗汉，见思惑已尽，断不为此。……不知某会临坛者，是济祖否？请示。

　　乩云：承谕发愿，……谨记斯言。某处坛，灵鬼附之耳。须知灵鬼，即魔道也。知此后当发愿驱除此等之鬼。

　　"师云"的发愿，城隍竟不能懂；却先与某会力争正统。照此看来，国家之命未延，鬼兵先要打仗；道德仍无根柢，科学也还该活命了。

　　其实中国自所谓维新以来，何尝真有科学。现在儒道诸公，却径把历史上一味捣鬼不治人事的恶果，都移到科学身上，也不问什么叫道德，怎样是科学，只是信口开河，造谣生事；使国人格外惑乱，社会上罩满了妖气。以上所引的话，不过随手拈出的几点黑影；此外自大埠以至僻地，还不知有多少奇谈。但即此几条，已足可推测我们周围的空气，以及将来的情形，如何黑暗可怕了。

　　据我看来，要救治这"几至国亡种灭"的中国，那种孔圣人"传言由山东来"的方法，是全不对症的，只有这鬼话的
张天师

对头的科学！——不是皮毛的真正科学！——这是什么缘故呢？陈正敏《遁斋闲览》有一段故事（未见原书，据《本草纲目》所引写出，但这也全是道士所编造的谣言，并非事实，现在只当他比喻用）说得好——

> 杨勔中年得异疾；每发语，腹中有小声应之，久渐声大。有道士见之，曰：此应声虫也！但读《本草》取不应者治之。读至雷丸，不应，遂顿服数粒而愈。

> 关于吞食病菌的事，我上文所说的大概也是错的，但现在手头无书可查。也许是Koch博士发见了虎列拉菌时，Pfeffer博士以为不是真病菌，当面吞下去了，后来病得几乎要死。总之，无论如何，这一案决不能作"精神能改造肉体"的例证。一九二五年九月二十四日补记。

（最初发表于1918年10月15日《新青年》第五卷第四号）

三十五

从清朝末年，直到现在，常常听人说"保存国粹"这一句话。

前清末年说这话的人，大约有两种：一是爱国志士，一是出洋游历的大官。他们在这题目的背后，各各藏着别的意思。志士说保存国粹，是光复旧物的意思；大官说保存国粹，是教留学生不要去剪辫子的意思。

现在成了民国了。以上所说的两个问题，已经完全消灭。所以我不能知道现在说这话的是那一流人，这话的背后藏着什么意思了。

可是保存国粹的正面意思，我也不懂。

什么叫"国粹"？照字面看来，必是一国独有，他国所无的事物了。换一句话，便是特别的东西。但特别未必定是好，何以应该保存？

譬如一个人，脸上长了一个瘤，额上肿出一颗疮，的确是与众不同，显出他特别的样子，可以算他的"粹"。然而据我看来，还不如将这"粹"割去了，同别人一样的好。

倘说：中国的国粹，特别而且好；又何以现在糟到如此情形，新派摇头，旧派也叹气。

倘说：这便是不能保存国粹的缘故，开了海禁的缘故，所以必须保存。但海禁未开以前，全国都是"国粹"，理应好了；何以春秋战国五胡十六国闹个不休，古人也都叹气。

倘说：这是不学成汤文武周公的缘故；何以真正成汤文武周公时代，也先有桀纣暴虐，后有殷顽作乱；后来仍旧弄出春秋战国五胡十六国闹个不休，古人也都叹气。

我有一位朋友说得好："要我们保存国粹，也须国粹能保存我们。"

保存我们，的确是第一义。只要问他有无保存我们的力量，不管他是否国粹。

（最初发表于1918年11月15日《新青年》第五卷第五号）

三十六

现在许多人有大恐惧；我也有大恐惧。

许多人所怕的，是"中国人"这名目要消灭；我所怕的，是中国人要从"世界人"中挤出。

我以为"中国人"这名目，决不会消灭；只要人种还在，总是中国人。譬如埃及犹太人，无论他们还有"国粹"没有，现在总叫他埃及犹太人，未尝改了称呼。可见保存名目，全不必劳力费心。

但是想在现今的世界上，协同生长，挣一地位，即须有相当的进步的智识，道德，品格，思想，才能够站得住脚：这事极须劳力费心。而"国粹"多的国民，尤为劳力费心，因为他的"粹"太多。粹太多，便太特别。太特别，便难与种种人协同生长，挣得地位。

热

风

有人说:"我们要特别生长;不然,何以为中国人!"

于是乎要从"世界人"中挤出。

于是乎中国人失了世界,却暂时仍要在这世界上住!——

这便是我的大恐惧。

（最初发表于1918年11月15日《新青年》第五卷第五号）

三十七

近来很有许多人，在那里竭力提倡打拳。记得先前也曾有过一回，但那时提倡的，是满清王公大臣[1]，现在却是民国的教育家[2]，位分略有不同。至于他们的宗旨，是一是二，局外人便不得而知。

现在那班教育家，把"九天玄女传与轩辕黄帝，轩辕黄帝传与尼姑"的老方法，改称"新武术"，又是"中国式体操"，叫青年去练习。听说其中好处甚多，重要的举出两种来，是：

一，用在体育上。据说中国人学了外国体操，不见效验；所以须改习本国式体操（即打拳）才行。依我想来：两手拿着外国铜锤或木棍，把手脚左伸右伸的，大约于筋肉发达上，也

---

1 满清王公大臣，指清朝曾任总理衙门大臣的端王载漪、协办大学士刚毅、宗室载澜等人。
2 民国的教育家，当时济南镇守使马良写了一本《中华新武术初级拳脚科》，1918年全国教育联合会第四次会议和全国中小学校长会议上，通过"推广新武术"的决议，将新武术列入中学以上体育课程，并将马良所著作为教科书，教育界一些人也对此加以提倡。

该有点"效验"。无如竟不见效验！那自然只好改途去练"武松脱铐"那些把戏了。这或者因为中国人生理上与外国人不同的缘故。

二，用在军事上。中国人会打拳，外国人不会打拳：有一天见面对打，中国人得胜，是不消说的了。即使不把外国人"板油扯下"，只消一阵"乌龙扫地"，也便一齐扫倒，从此不能爬起。无如现在打仗，总用枪炮。枪炮这件东西，中国虽然"古时也已有过"，可是此刻没有了。籐牌操法，又不练习，怎能御得枪炮？我想（他们不曾说明，这是我的"管窥蠡测"）：打拳打下去，总可达到"枪炮打不进"的程度（即内功？）。这件事从前已经试过一次，在一千九百年。可惜那一回真是名誉的完全失败了。且看这一回如何。

（最初发表于1918年11月15日《新青年》第五卷第五号）

三十八

中国人向来有点自大。——只可惜没有"个人的自大"，都是"合群的爱国的自大"。这便是文化竞争失败之后，不能再见振拔改进的原因。

"个人的自大"，就是独异，是对庸众宣战。除精神病学上的夸大狂外，这种自大的人，大抵有几分天才，——照Nordau[1]等说，也可说就是几分狂气。他们必定自己觉得思想见识高出庸众之上，又为庸众所不懂，所以愤世疾俗，渐渐变成厌世家，或"国民之敌"[2]。但一切新思想，多从他们出来，政治上宗教上道德上的改革，也从他们发端。所以多有这"个人的自大"的国民，真是多福气！多幸运！

"合群的自大"，"爱国的自大"，是党同伐异，是对少数的

---

1 Nordau，诺尔道（1849—1923），出生于匈牙利的德国医生，政论家、作家。
2 "国民之敌"，指挪威剧作家易卜生剧本《国民之敌》的主人公斯铎曼一类人。

天才宣战；——至于对别国文明宣战，却尚在其次。他们自己毫无特别才能，可以夸示于人，所以把这国拿来做个影子；他们把国里的习惯制度抬得很高，赞美的了不得；他们的国粹，既然这样有荣光，他们自然也有荣光了！倘若遇见攻击，他们也不必自去应战，因为这种蹲在影子里张目摇舌的人，数目极多，只须用mob的长技，一阵乱噪，便可制胜。胜了，我是一群中的人，自然也胜了；若败了时，一群中有许多人，未必是我受亏：大凡聚众滋事时，多具这种心理，也就是他们的心理。他们举动，看似猛烈，其实却很卑怯。至于所生结果，则复古，尊王，扶清灭洋等等，已领教得多了。所以多有这"合群的爱国的自大"的国民，真是可哀，真是不幸！

不幸中国偏只多这一种自大：古人所作所说的事，没一件不好，遵行还怕不及，怎敢说到改革？这种爱国的自大家的意见，虽各派略有不同，根柢总是一致，计算起来，可分作下列五种：

甲云："中国地大物博，开化最早；道德天下第一。"这是完全自负。

乙云："外国物质文明虽高，中国精神文明更好。"

丙云："外国的东西，中国都已有过；某种科学，即某子所说的云云"，这两种都是"古今中外派"的支流；依据张之洞的格言，以"中学为体西学为用"的人物。

丁云："外国也有叫化子，——（或云）也有草舍，——娼妓，——臭虫。"这是消极的反抗。

戊云："中国便是野蛮的好。"又云："你说中国思想昏乱，那正是我民族所造成的事业的结晶。从祖先昏乱起，直要昏乱到子孙；从过去昏乱起，直要昏乱到未来。……（我们是四万万人，）你能把我们灭绝么？"这比"丁"更进一层，不去拖人下水，反以自己的丑恶骄人；至于口气的强硬，却很有《水浒传》中牛二的态度。

五种之中，甲乙丙丁的话，虽然已很荒谬，但同戊比较，尚觉情有可原，因为他们还有一点好胜心存在。譬如衰败人家的子弟，看见别家兴旺，多说大话，摆出大家架子；或寻求人家一点破绽，聊给自己解嘲。这虽然极是可笑，但比那一种掉了鼻子，还说是祖传老病，夸示于众的人，总要算略高一步了。

戊派的爱国论最晚出，我听了也最寒心；这不但因其居心可怕，实因他所说的更为实在的缘故。昏乱的祖先，养出昏乱的子孙，正是遗传的定理。民族根性造成之后，无论好坏，改变都不容易的。法国G. Le Bon[1]著《民族进化的心理》中，说及此事道（原文已忘，今但举其大意）——"我们一举一动，虽似自主，其实多受死鬼的牵制。将我们一代的人，和先前几百代的鬼比较起来，数目上就万不能敌了。"我们几百代的祖先里面，昏乱的人，定然不少：有讲道学的儒生，也有讲阴阳五行的道士，有静坐炼丹的仙人，也有打脸打把子[2]的戏子。所以我们现在虽想好好做"人"，难保血管里的昏乱分子不来作怪，我们也不由自主，一变而为研究丹田脸谱的人物：这真是大可寒心的事。但我总希望这昏乱思想遗传的祸害，不至于有梅毒那样猛烈，竟至百无一免。即使同梅毒一样，现在发明了六百零六[3]，肉体上的病，既可医治；我希望也有一种七百零七的药，可以医治思想上的病。这药原来也已发明，就是"科学"一味。只希望那班精神上掉了鼻子的朋友，不要又打着"祖传老病"的旗号来反对吃药，中国的昏乱病，便也总有全愈的一天。祖先的势力虽大，但如从现代起，立意改变：扫除了昏乱的心思，和助成昏乱的物事（儒道两派的文书），再用了对症的药，即使不能立刻奏效，也可把

---

1 G. Le Bon，勒朋（1841—1931），法国医生和社会心理学家。
2 打脸，传统戏曲演员按照脸谱勾画花脸。打把子，传统戏曲中的武打。
3 六百零六，即胂凡纳明（Arsphenamine），抗梅毒药名。

那病毒略略羼淡。如此几代之后待我们成了祖先的时候，就可以分得昏乱祖先的若干势力，那时便有转机，Le Bon所说的事，也不足怕了。

　　以上是我对于"不长进的民族"的疗救方法；至于"灭绝"一条，那是全不成话，可不必说。"灭绝"这两个可怕的字，岂是我们人类应说的？只有张献忠这等人曾有如此主张，至今为人类唾骂；而且于实际上发生出什么效验呢？但我有一句话，要劝戊派诸公。"灭绝"这句话，只能吓人，却不能吓倒自然。他是毫无情面：他看见有自向灭绝这条路走的民族，便请他们灭绝，毫不客气。我们自己想活，也希望别人都活；不忍说他人的灭绝，又怕他们自己走到灭绝的路上，把我们带累了也灭绝，所以在此着急。倘使不改现状，反能兴旺，能得真实自由的幸福生活，那就是做野蛮也很好。——但可有人敢答应说"是"么？

　　　　（最初发表于1918年11月15日《新青年》第五卷第五号）

随感录三十九

　　《新青年》的五卷四号，隐然是一本戏剧改良号，我是门外汉，开口不得；但见《再论戏剧改良》这一篇中，有"中国人说到理想，便含着轻薄的意味，觉得理想即是妄想，理想家即是妄人"一段话，却令我发生了追忆，不免又要说几句空谈。

　　据我的经验，这理想价值的跌落，只是近五年以来的事。民国以前，还未如此，许多国民，也肯认理想家是引路的人。到了民国元年前后，理论上的事情，著著实现，于是理想派——深浅真伪现在姑且弗论——也格外举起头来。一方面却有旧官僚的攘夺政权，以及遗老受冷不过，豫备下山，都痛恨这一类理想派，说什么闻所未闻的学理法理，横亘在前，不能大踏步摇摆。于是沉思三日三夜，竟想出了一种兵器，有了这利器，才将"理"字排行的元恶大憝，一律肃清。这利器的大名，便叫"经验"。现在又添上一个雅号，便是高雅之至的"事实"。

　　经验从那里得来，便是从清朝得来的。经验提高了他的喉咙含含糊糊说，"狗有狗道理，鬼有鬼道理，中国与众不同，也自有中国道理。道理各各不同，一味理想，殊堪痛恨。"这时候，正是上下一心理财强种的时候，而且带着理字的，又大半是洋货，爱国之士，义当排斥。所以一转眼便跌了价值；一转眼便遭了嘲骂；又一转眼，便连他的影子，也同拳民时代的教民一般，竟犯了与众共弃的大罪了。

但我们应该明白，人格的平等，也是一种外来的旧理想；现在"经验"既已登坛，自然株连着化为妄想，理合不分首从，全踏在朝靴底下，以符列祖列宗的成规。这一踏不觉过了四五年，经验家虽然也增加了四五岁，与素未经验的生物学学理——死——渐渐接近，但这与众不同的中国，却依然不是理想的住家。一大批踏在朝靴底下的学习诸公，早经竭力大叫，说他也得了经验了。

但我们应该明白，从前的经验，是从皇帝脚底下学得；现在与将来的经验，是从皇帝的奴才的脚底下学得。奴才的数目多，心传的经验家也愈多。待到经验家二世的全盛时代，那便是理想单被轻薄，理想家单当妄人，还要算是幸福侥幸了。

现在的社会，分不清理想与妄想的区别。再过几时，还要分不清"做不到"与"不肯做到"的区别，要将扫除庭园与劈开地球混作一谈。理想家说，这花园有秽气，须得扫除，——到那时候，说这宗话的人，也要算在理想党里，——他却说道，他们从来在此小便，如何扫除？万万不能，也断乎不可！

那时候，只要从来如此，便是宝贝。即使无名肿毒，倘若生在中国人身上，也便"红肿之处，艳若桃花；溃烂之时，美如乳酪"。国粹所在，妙不可言。那些理想学理法理，既是洋货，自然完全不在话下了。

但最奇怪的，是七年十月下半，忽有许多经验家，理想经验双全家，经验理想未定家，都说公理战胜了强权；还向公理颂扬了一番，客气了一顿。这事不但溢出了经验的范围，而且又添上一个理字排行的厌物。将来如何收场，我是毫无经验，不敢妄谈。经验诸公，想也未曾经验，开口不得。

没有法，只好在此提出，请教受人轻薄的理想家了。

（最初发表于1919年1月15日《新青年》第六卷第一号）

四十

　　终日在家里坐，至多也不过看见窗外四角形惨黄色的天，还有什么感？只有几封信，说道，"久违芝宇，时切葭思；"[1]有几个客，说道，"今天天气很好"：都是祖传老店的文字语言。写的说的，既然有口无心，看的听的，也便毫无所感了。

　　有一首诗，从一位不相识的少年寄来，却对于我有意义。——

爱情

　　我是一个可怜的中国人。爱情！我不知道你是什么。

　　我有父母，教我育我，待我很好；我待他们，也还不差。我有兄弟姊妹，幼时共我玩耍，长来同我切磋，待我很好；我待他们，也还不差。但是没有人曾经"爱"过我，我也不曾"爱"过他。

---

1 "久违芝宇，时切葭思"，旧时书信中常用的客套语，意为久不见面，时刻想念。

我年十九，父母给我讨老婆。于今数年，我们两个，也还和睦。可是这婚姻，是全凭别人主张，别人撮合：把他们一日戏言，当我们百年的盟约。仿佛两个牲口听着主人的命令："咄，你们好好的住在一块儿罢！"

爱情！可怜我不知道你是什么！

诗的好歹，意思的深浅，姑且勿论；但我说，这是血的蒸气，醒过来的人的真声音。

爱情是什么东西？我也不知道。中国的男女大抵一对或一群——一男多女——的住着，不知道有谁知道。

但从前没有听到苦闷的叫声。即使苦闷，一叫便错；少的老的，一齐摇头，一齐痛骂。

然而无爱情结婚的恶结果，却连续不断的进行。形式上的夫妇，既然都全不相关，少的另去姘人宿娼，老的再来买妾：麻痹了良心，各有妙法。所以直到现在，不成问题。但也曾造出一个"妒"字，略表他们曾经苦心经营的痕迹。

可是东方发白，人类向各民族所要的是"人"，——自然也是"人之子"——我们所有的是单是人之子，是儿媳妇与儿媳之夫，不能献出于人类之前。

可是魔鬼手上，终有漏光的处所，掩不住光明：人之子醒了；他知道了人类间应有爱情；知道了从前一班少的老的所犯的罪恶；于是起了苦闷，张口发出这叫声。

但在女性一方面，本来也没有罪，现在是做了旧习惯的牺牲。我们既然自觉着人类的道德，良心上不肯犯他们少的老的的罪，又不能责备异性，也只好陪着做一世牺牲，完结了四千年的旧账。

做一世牺牲，是万分可怕的事；但血液究竟干净，声音究竟醒而且真。

我们能够大叫，是黄莺便黄莺般叫；是鸱鸮便鸱鸮般叫。我们不必学那才从私窝子[1]里跨出脚，便说"中国道德第一"的人的声音。

我们还要叫出没有爱的悲哀，叫出无所可爱的悲哀。……我们要叫到旧账勾消的时候。

旧账如何勾消？我说，"完全解放了我们的孩子！"

（最初发表于1919年1月15日《新青年》第六卷第一号）

---

1 私窝子，私娼住的地方。

四十一

从一封匿名信里看见一句话，是"数麻石片"（原注江苏方言），大约是没有本领便不必提倡改革，不如去数石片的好的意思。因此又记起了本志通信栏内所载四川方言的"洗煤炭"。想来别省方言中，相类的话还多；守着这专劝人自暴自弃的格言的人，也怕并不少。

凡中国人说一句话，做一件事，倘与传来的积习有若干抵触，须一个斤斗便告成功，才有立足的处所；而且被恭维得烙铁一般热。否则免不了标新立异的罪名，不许说话；或者竟成了大逆不道，为天地所不容。这一种人，从前本可以夷到九族，连累邻居；现在却不过是几封匿名信罢了。但意志略略薄弱的人便不免因此萎缩，不知不觉的也入了"数麻石片"党。

所以现在的中国，社会上毫无改革，学术上没有发明，美术上也没有创作；至于多人继续的研究，前仆后继的探险，那更不必提了。国人的事业，大抵是专谋时式的成功的经营，以及对于一切的冷笑。

但冷笑的人，虽然反对改革，却又未必有保守的能力：即如文字一面，白话固然看不上眼，古文也不甚提得起笔。照他的学说，本该去"数麻石片"了；他却又不然，只是莫名其妙的冷笑。

中国的人，大抵在如此空气里成功，在如此空气里萎缩腐败，以至老死。

我想，人猿同源的学说，大约可以毫无疑义了。但我不懂，何以从前的古猴子，不都努力变人，却到现在还留着子孙，变把戏给人看。还是那时竟没有一匹想站起来学说人话呢？还是虽然有了几匹，却终被猴子社会攻击他标新立异，都咬死了；所以终于不能进化呢？

尼采式的超人，虽然太觉渺茫，但就世界现有人种的事实看来，却可以确信将来总有尤为高尚尤近圆满的人类出现。到那时候，类人猿上面，怕要添出"类猿人"这一个名词。

所以我时常害怕，愿中国青年都摆脱冷气，只是向上走，不必听自暴自弃者流的话。能做事的做事，能发声的发声。有一分热，发一分光，就令萤火一般，也可以在黑暗里发一点光，不必等候炬火。

此后如竟没有炬火：我便是唯一的光。倘若有了炬火，出了太阳，我们自然心悦诚服的消失，不但毫无不平，而且还要随喜[1]赞美这炬火或太阳；因为他照了人类，连我都在内。

我又愿中国青年都只是向上走，不必理会这冷笑和暗箭。尼采说：

> 真的，人是一个浊流。应该是海了，能容这浊流使他干净。
>
> 咄，我教你们超人：这便是海，在他这里，能容下你们的大侮蔑。(《札拉图如是说》的《序言》第三节)

纵令不过一洼浅水，也可以学学大海；横竖都是水，可以相通。几粒石子，任他们暗地里掷来；几滴秽水，任他们从背后泼来就是了。

这还算不到"大侮蔑"——因为大侮蔑也须有胆力。

（最初发表于1919年1月15日《新青年》第六卷第一号）

---

1 随喜，佛家语，佛家认为行善布施可生欢喜心，随着别人做善事称为随喜。

四十二

听得朋友说，杭州英国教会里的一个医生，在一本医书上做一篇序，称中国人为土人；我当初颇不舒服，子细再想，现在也只好忍受了。土人一字，本来只说生在本地的人，没有什么恶意。后来因其所指，多系野蛮民族，所以加添了一种新意义，仿佛成了野蛮人的代名词。他们以此称中国人，原不免有侮辱的意思；但我们现在，却除承受这个名号以外，实是别无方法。因为这类是非，都凭事实，并非单用口舌可以争得的。试看中国的社会里，吃人，劫掠，残杀，人身卖买，生殖器崇拜，灵学，一夫多妻，凡有所谓国粹，没一件不与蛮人的文化（？）恰合。拖大辫，吸鸦片，也正与土人的奇形怪状的编发及吃印度麻[1]一样。至于缠足，更要算在土人的装饰法中，第一等的新发明了。他们也喜欢在肉体上做出种种装饰：剜空了耳朵嵌上木塞；下唇剜开一个大孔，插上一支兽骨，像鸟嘴一般；面上雕出兰花；背上

1 印度麻，亦名菽麻，豆科。在印度和一些其他国家，又用作麻醉品。

刺出燕子；女人胸前做成许多圆的长的疙瘩。可是他们还能走路，还能做事；他们终是未达一间[1]，想不到缠足这好法子。……世上有如此不知肉体上的苦痛的女人，以及如此以残酷为乐，丑恶为美的男子，真是奇事怪事。

自大与好古，也是土人的一个特性。英国人乔治葛来[2]任纽西兰总督的时候，做了一部《多岛海神话》，序里说他著书的目的，并非全为学术，大半是政治上的手段。他说，纽西兰土人是不能同他说理的。只要从他们的神话的历史里，抽出一条相类的事来做一个例，讲给酋长祭师们听，一说便成了。譬如要造一条铁路，倘若对他们说这事如何有益，他们决不肯听；我们如果根据神话，说从前某某大仙，曾推着独轮车在虹霓上走，现在要仿他造一条路，那便无所不可了。（原文已经忘却，以上所说只是大意）中国十三经二十五史，正是酋长祭师们一心崇奉的治国平天下的谱，此后凡与土人有交涉的"西哲"，倘能人手一编，便助成了我们的"东学西渐"，很使土人高兴；但不知那译本的序上写些什么呢？

（最初发表于1919年1月15日《新青年》第六卷第一号）

---

1 未达一间，意为还有一点差距。
2 乔治葛来（George Grey，1812—1898），英国人。曾任英国驻澳大利亚、新西兰和南非的殖民地总督，1877年至1879年任新西兰总理。

四十三

　　进步的美术家，——这是我对于中国美术界的要求。

　　美术家固然须有精熟的技工，但尤须有进步的思想与高尚的人格。他的制作，表面上是一张画或一个雕像，其实是他的思想与人格的表现。令我们看了，不但欢喜赏玩，尤能发生感动，造成精神上的影响。

　　我们所要求的美术家，是能引路的先觉，不是"公民团"[1]的首领。我们所要求的美术品，是表记中国民族知能最高点的标本，不是水平线以下的思想的平均分数。

　　近来看见上海什么报的增刊《泼克》上，有几张讽刺画。他的画法，倒也模仿西洋；可是我很疑惑，何以思想如此顽固，人格如此卑劣，竟同没有教育的孩子只会在好好的白粉墙上写几个"某某是我而子"一样。可怜外国事物，一到中国，便如落在黑

---

1 "公民团"，指袁世凯雇用的流氓打手。这里比喻统治者的御用工具。

色染缸里似的，无不失了颜色。美术也是其一：学了体格还未匀称的裸体画，便画猥亵画；学了明暗还未分明的静物画，只能画招牌。皮毛改新，心思仍旧，结果便是如此。至于讽刺画之变为人身攻击的器具，更是无足深怪了。

　　说起讽刺画，不禁想到美国画家勃拉特来（L. D. Bradley 1853－1917）了。他专画讽刺画，关于欧战的画，尤为有名；只可惜前年死掉了。我见过他一张《秋收时之月》（《The Harvest Moon》）的画。上面是一个形如骷髅的月亮，照着荒田；田里一排一排的都是兵的死尸。唉唉，这才算得真的进步的美术家的讽刺画。我希望将来中国也能有一日，出这样一个进步的讽刺画家。

　　（最初发表于1919年1月15日《新青年》第六卷第一号）

四十六

　　民国八年正月间，我在朋友家里见到上海一种什么报的星期增刊讽刺画，正是开宗明义第一回；画着几方小图，大意是骂主张废汉文的人的；说是给外国医生换上外国狗的心了，所以读罗马字时，全是外国狗叫。但在小图的上面，又有两个双钩大字"泼克"，似乎便是这增刊的名目；可是全不像中国话。我因此很觉这美术家可怜：他——对于个人的人身攻击姑且不论——学了外国画，来骂外国话，然而所用的名目又仍然是外国话。讽刺画本可以针砭社会的锢疾；现在施针砭的人的眼光，在一方尺大的纸片上，尚且看不分明，怎能指出确当的方向，引导社会呢？

　　这几天又见到一张所谓《泼克》，是骂提倡新文艺的人了。大旨是说凡所崇拜的，都是外国的偶像。我因此愈觉这美术家可怜：他学了画，而且画了"泼克"，竟还未知道外国画也是文艺之一。他对于自己的本业，尚且罩在黑坛子里，摸不清楚，怎能有优美的创作，贡献于社会呢？

但"外国偶像"四个字，却亏他想了出来。

不论中外，诚然都有偶像。但外国是破坏偶像的人多；那影响所及，便成功了宗教改革，法国革命。旧像愈摧破，人类便愈进步；所以现在才有比利时的义战，与人道的光明。那达尔文易卜生托尔斯泰尼采诸人，便都是近来偶像破坏的大人物。

在这一流偶像破坏者，《泼克》却完全无用；因为他们都有确固不拔的自信，所以决不理会偶像保护者的嘲骂。易卜生说：

> 我告诉你们，是这个——世界上最强壮有力的人，就是那孤立的人。（见《国民之敌》）

但也不理会偶像保护者的恭维。尼采说：

> 他们又拿着称赞，围住你嗡嗡的叫：他们的称赞是厚脸皮。他们要接近你的皮肤和你的血。（《札拉图如是说》第二卷《市场之蝇》）

这样，才是创作者。——我辈即使才力不及，不能创作，也该当学习；即使所崇拜的仍然是新偶像，也总比中国陈旧的好。与其崇拜孔丘关羽，还不如崇拜达尔文易卜生；与其牺牲于瘟将军五道神[1]，还不如牺牲于Apollo[2]。

（最初发表于1919年2月15日《新青年》第六卷第二号）

---

1 瘟将军五道神，都是我国旧时民间所供奉的神祇，相传他们掌管瘟疫和灾害。
2 Apollo，阿波罗，希腊神话中光明、艺术与健康之神。

四十七

　　有人做了一块象牙片，半寸方，看去也没有什么；用显微镜一照，却看见刻着一篇行书的《兰亭序》。我想：显微镜的所以制造，本为看那些极细微的自然物的；现在既用人工，何妨便刻在一块半尺方的象牙板上，一目了然，省却用显微镜的工夫呢？

　　张三李四是同时人。张三记了古典来做古文；李四又记了古典，去读张三做的古文。我想：古典是古人的时事，要晓得那时的事，所以免不了翻着古典；现在两位既然同时，何妨老实说出，一目了然，省却你也记古典，我也记古典的工夫呢？

　　内行的人说：什么话！这是本领，是学问！

　　我想，幸而中国人中，有这一类本领学问的人还不多。倘若谁也弄这玄虚：农夫送来了一粒粉，用显微镜照了，却是一碗饭；水夫挑来用水湿过的土，想喝茶的又须挤出湿土里的水：那可真要支撑不住了。

　　（最初发表于1919年2月15日《新青年》第六卷第二号）

四十八

中国人对于异族，历来只有两样称呼：一样是禽兽，一样是圣上。从没有称他朋友，说他也同我们一样的。

古书里的弱水，竟是骗了我们：闻所未闻的外国人到了；交手几回，渐知道"子曰诗云"似乎无用，于是乎要维新。

维新以后，中国富强了，用这学来的新，打出外来的新，关上大门，再来守旧。

可惜维新单是皮毛，关门也不过一梦。外国的新事理，却愈来愈多，愈优胜，"子曰诗云"也愈挤愈苦，愈看愈无用。于是从那两样旧称呼以外，别想了一样新号："西哲"，或曰"西儒"。

他们的称号虽然新了，我们的意见却照旧。因为"西哲"的本领虽然要学，"子曰诗云"也更要昌明。换几句话，便是学了外国本领，保存中国旧习。本领要新，思想要旧。要新本领旧思想的新人物，驮了旧本领旧思想的旧人物，请他发挥多年经验的老本领。一言以蔽之：前几年谓之"中学为体，西学为用"，这几年谓之"因时制宜，折衷至当"。

其实世界上决没有这样如意的事。即使一头牛，连生命都牺牲了，尚且祀了孔便不能耕田，吃了肉便不能榨乳。何况一个人先须自己活着，又要驼了前辈先生活着；活着的时候，又须恭听前辈先生的折衷：早上打拱，晚上握手；上午"声光化电"，下午"子曰诗云"呢？

社会上最迷信鬼神的人，尚且只能在赛会这一日抬一回神舆。不知那些学"声光化电"的"新进英贤"，能否驼着山野隐逸，海滨遗老，折衷一世？

"西哲"易卜生盖以为不能，以为不可。所以借了Brand[1]的嘴说："All or nothing！"

（最初发表于1919年2月15日《新青年》第六卷第二号）

---

1 Brand，勃兰特，易卜生所作诗剧《勃兰特》中的人物。

四十九

　　凡有高等动物，倘没有遇着意外的变故，总是从幼到壮，从壮到老，从老到死。

　　我们从幼到壮，既然毫不为奇的过去了；自此以后，自然也该毫不为奇的过去。

　　可惜有一种人，从幼到壮，居然也毫不为奇的过去了；从壮到老，便有点古怪；从老到死，却更奇想天开，要占尽了少年的道路，吸尽了少年的空气。

　　少年在这时候，只能先行萎黄，且待将来老了，神经血管一切变质以后，再来活动。所以社会上的状态，先是"少年老成"；直待弯腰曲背时期，才更加"逸兴遄飞"，似乎从此以后，才上了做人的路。

　　可是究竟也不能自忘其老；所以想求神仙。大约别的都可以老，只有自己不肯老的人物，总该推中国老先生算一甲一名。

　　万一当真成了神仙，那便永远请他主持，不必再有后进，

64

原也是极好的事。可惜他又究竟不成，终于个个死去，只留下造成的老天地，教少年驮着吃苦。

这真是生物界的怪现象！

我想种族的延长，——便是生命的连续，——的确是生物界事业里的一大部分。何以要延长呢？不消说是想进化了。但进化的途中总须新陈代谢。所以新的应该欢天喜地的向前走去，这便是壮，旧的也应该欢天喜地的向前走去，这便是死；各各如此走去，便是进化的路。

老的让开道，催促着，奖励着，让他们走去。路上有深渊，便用那个死填平了，让他们走去。

少的感谢他们填了深渊，给自己走去；老的也感谢他们从我填平的深渊上走去。——远了远了。

明白这事，便从幼到壮到老到死，都欢欢喜喜的过去；而且一步一步，多是超过祖先的新人。

这是生物界正当开阔的路！人类的祖先，都已这样做了。

（最初发表于1919年2月15日《新青年》第六卷第二号）

五十三

上海盛德坛扶乩[1]，由"孟圣"主坛；在北京便有城隍白知降坛，说他是"邪鬼"。盛德坛后来却又有什么真人下降，谕别人不得擅自扶乩。

北京议员王讷[2]提议推行新武术，以"强国强种"；中华武士会[3]便率领了一班天罡拳阴截腿之流，大分冤单，说他"抑制暴弃祖性相传之国粹"。

绿帜社[4]提倡"爱世语"，专门崇拜"柴圣"，说别种国际语（如Ido等）是冒牌的。

上海有一种单行的《泼克》，又有一种报上增刊的《泼克》；后来增刊《泼克》登广告声明要将送错的单行《泼克》的

---

1 扶乩，一种迷信活动，一般是在架子上吊一根棍儿，两个人扶着架子，棍儿就在沙盘上画出字句来作为神的指示。
2 王讷（1880－1960），字默轩，山东安丘人，曾任山东省教育会会长、众议院议员。
3 中华武士会，当时天津、北京等地的一个拳术组织。
4 绿帜社，当时以传播世界语为宗旨的团体。

信件撕破。

上海有许多"美术家"；其中的一个美术家，不知如何散了伙，便在《泼克》上大骂别的美术家"盲目盲心"，不知道新艺术真艺术。

以上五种同业的内讧，究竟是什么原因，局外人本来不得而知。但总觉现在时势不很太平，无论新的旧的，都各各起哄：扶乩打拳那些鬼画符的东西，倒也罢了；学几句世界语，画几笔花，也是高雅的事，难道也要同行嫉妒，必须声明鱼目混珠，雷击火焚么？

我对于那"美术家"的内讧又格外失望。我于美术虽然全是门外汉，但很望中国有新兴美术出现。现在上海那班美术家所做的，是否算得美术，原是难说；但他们既然自称美术家，即使幼稚，也可以希望长成：所以我期望有个美术家的幼虫，不要是似是而非的木叶蝶。如今见了他们两方面的成绩，不免令我对于中国美术前途发生一种怀疑。

画《泼克》的美术家说他们盲目盲心，所研究的只是十九世纪的美术，不晓得有新艺术真艺术。我看这些美术家的作品，不是剥制的鹿[1]，便是畸形的美人，的确不甚高明，恐怕连

---

1 剥制的鹿，剥取鹿皮制成的鹿的标本。这里指徒具形式没有生命的东西。

十"八"世纪，也未必有这类绘画；说到底，只好算是中国的所谓美术罢了。但那一位画《泼克》的美术家的批评，却又不甚可解：研究十九世纪的美术，何以便是盲目盲心？十九世纪以后的新艺术真艺术，又是怎样？我听人说：后期印象派（Postimpressionism）的绘画，在今日总还不算十分陈旧；其中的大人物如Cézanne与Van Gogh等，也是十九世纪后半的人，最迟的到一九〇六年也故去了。二十世纪才是十九年初头，好像还没有新派兴起。立方派（Cubi sm）未来派（Futurism）的主张，虽然新奇，却尚未能确立基础；而且在中国，又怕未必能够理解。在那《泼克》上面，也未见有这一派的绘画；不知那《泼克》美术家的所谓新艺术真艺术，究竟是指着什么？现在的中国美术家诚然心盲目盲，但其弊却不在单研究十九世纪的美术，——因为据我看来，他们并不研究什么世纪的美术，——所以那《泼克》美术家的话，实在令人难解。

《泼克》美术家满口说新艺术真艺术，想必自己懂得这新艺术真艺术的了。但我看他所画的讽刺画，多是攻击新文艺新思想的。——这是二十世纪的美术么？这是新艺术真艺术么？

（最初发表于1919年3月15日《新青年》第六卷第三号）

五十四

中国社会上的状态，简直是将几十世纪缩在一时：自油松片以至电灯，自独轮车以至飞机，自镖枪以至机关炮，自不许"妄谈法理"以至护法，自"食肉寝皮"的吃人思想以至人道主义，自迎尸拜蛇以至美育代宗教，都摩肩挨背的存在。

这许多事物挤在一处，正如我辈约了燧人氏以前的古人，拼开饭店一般，即使竭力调和，也只能煮个半熟；伙计们既不会同心，生意也自然不能兴旺，——店铺总要倒闭。

黄郛氏做的《欧战之教训与中国之将来》中，有一段话，说得很透澈：

> 七年以来，朝野有识之士，每腐心于政教之改良，不注意于习俗之转移；庸讵知旧染不去，新运不生：事理如此，无可勉强者也。外人之评我者，谓中国人有一

种先天的保守性，即或迫于时势，各种制度有改革之必要时，而彼之所谓改革者，决不将旧日制度完全废止，乃在旧制度之上，更添加一层新制度。试览前清之兵制变迁史，可以知吾言之不谬焉。最初命八旗兵驻防各地，以充守备之任；及年月既久，旗兵已腐败不堪用，洪秀全起，不得已，征募湘淮两军以应急：从此旗兵绿营，并肩存在，遂变成二重兵制。甲午战后，知绿营兵力又不可恃，乃复编练新式军队：于是并前二者而变成三重兵制矣。今旗兵虽已消灭，而变面换形之绿营，依然存在，总是二重兵制也。从可知吾国人之无澈底改革能力，实属不可掩之事实。他若贺阳历新年者，复贺阴历新年；奉民国正朔者，仍存宣统年号。一察社会各方面，盖无往而非二重制。即今日政局之所以不宁，是非之所以无定者，简括言之，实亦不过一种"二重思想"在其间作祟而已。

此外如既许信仰自由，却又特别尊孔；既自命"胜朝遗老"[1]，

---

1 "胜朝遗老"，这里指清朝遗老。胜朝，已被推翻的前一个朝代。

却又在民国拿钱；既说是应该革新，却又主张复古：四面八方几乎都是二三重以至多重的事物，每重又各各自相矛盾。一切人便都在这矛盾中间，互相抱怨着过活，谁也没有好处。

要想进步，要想太平，总得连根的拔去了"二重思想"。因为世界虽然不小，但彷徨的人种，是终竟寻不出位置的。

（最初发表于1919年3月15日《新青年》第六卷第三号）

五十六 "来了"

近来时常听得人说，"过激主义[1]来了"；报纸上也时常写着，"过激主义来了"。

于是有几文钱的人，很不高兴。官员也着忙，要防华工[2]，要留心俄国人；连警察厅也向所属发出了严查"有无过激党设立机关"的公事。

着忙是无怪的，严查也无怪的；但先要问：什么是过激主义呢？

这是他们没有说明，我也无从知道，我虽然不知道，却敢说一句话："过激主义"不会来，不必怕他；只有"来了"是要来的，应该怕的。

我们中国人，决不能被洋货的什么主义引动，有抹杀他扑灭他的力量。军国民主义么，我们何尝会同别人打仗；无抵抗主

---

1 "过激主义"，日本媒体对布尔什维克主义的贬性译称。
2 华工，指第一次世界大战期间被当时的中国政府派出支援协约国的中国劳工。

义么，我们却是主战参战的；自由主义么，我们连发表思想都要犯罪，讲几句话也为难；人道主义么，我们人身还可以买卖呢。

所以无论什么主义，全扰乱不了中国；从古到今的扰乱，也不听说因为什么主义。试举目前的例，便如陕西学界的布告，湖南灾民的布告，何等可怕，与比利时公布的德兵苛酷情形，俄国别党宣布的列宁政府残暴情形，比较起来，他们简直是太平天下了。德国还说是军国主义，列宁不消说还是过激主义哩！

这便是"来了"来了。来的如果是主义，主义达了还会罢；倘若单是"来了"，他便来不完，来不尽，来的怎样也不可知。

民国成立的时候，我住在一个小县城里，早已挂过白旗。有一日，忽然见许多男女，纷纷乱逃：城里的逃到乡下，乡下的逃进城里。问他们什么事，他们答道，"他们说要来了。"

可见大家都单怕"来了"，同我一样。那时还只有"多数主义"，没有"过激主义"哩。

（最初发表于1919年5月《新青年》第六卷第五号）

五十七　现在的屠杀者

高雅的人说，"白话鄙俚浅陋，不值识者一哂之者也。"

中国不识字的人，单会讲话，"鄙俚浅陋"，不必说了。"因为自己不通，所以提倡白话，以自文其陋"如我辈的人，正是"鄙俚浅陋"，也不在话下了。最可叹的是几位雅人，也还不能如《镜花缘》里说的君子国的酒保一般，满口"酒要一壶乎，两壶乎，菜要一碟乎，两碟乎"的终日高雅，却只能在呻吟古文时，显出高古品格；一到讲话，便依然是"鄙俚浅陋"的白话了。四万万中国人嘴里发出来的声音，竟至总共"不值一哂"，真是可怜煞人。

做了人类想成仙；生在地上要上天；明明是现代人，吸着现在的空气，却偏要勒派朽腐的名教，僵死的语言，侮蔑尽现在，这都是"现在的屠杀者"。杀了"现在"，也便杀了"将来"。——将来是子孙的时代。

（最初发表于1919年5月《新青年》第六卷第五号）

五十八　人心很古

慷慨激昂的人说，"世道浇漓，人心不古，国粹将亡，此吾所为仰天扼腕切齿三叹息者也！"

我初听这话，也曾大吃一惊；后来翻翻旧书，偶然看见《史记》《赵世家》里面记着公子成反对主父改胡服的一段话：

> 臣闻中国者，盖聪明徇智之所居也，万物财用之所聚也，贤圣之所教也，仁义之所施也，《诗》《书》礼乐之所用也，异敏技能之所试也，远方之所观赴也，蛮夷之所义行也；今王舍此而袭远方之服，变古之教，易古之道，逆人之心，而怫学者，离中国，故臣愿王图之也。

这不是与现在阻抑革新的人的话，丝毫无异么？后来又在《北史》里看见记周静帝的司马后的话：

> 后性尤妒忌，后宫莫敢进御。尉迟迥女孙有美色，先

在宫中，帝于仁寿宫见而悦之，因得幸。后伺帝听朝，阴杀之。上大怒，单骑从苑中出，不由径路，入山谷间三十余里；高颎杨素等追及，扣马谏，帝太息曰，"吾贵为天子，不得自由"。

这又不是与现在信口主张自由和反对自由的人，对于自由所下的解释，丝毫无异么？别的例证，想必还多，我见闻狭隘，不能多举了。但即此看来，已可见虽然经过了这许多年，意见还是一样。现在的人心，实在古得很呢。

中国人倘能努力再古一点，也未必不能有古到三皇五帝以前的希望，可惜时时遇着新潮流新空气激荡着，没有工夫了。

在现存的旧民族中，最合中国式理想的，总要推锡兰岛的Vedda族[1]。他们和外界毫无交涉，也不受别民族的影响，还是原始的状态，真不愧所谓"羲皇上人"[2]。

但听说他们人口年年减少，现在快要没有了：这实在是一件万分可惜的事。

（最初发表于1919年5月《新青年》第六卷第五号）

---

1 Vedda族，维达族，锡兰岛（今斯里兰卡）最古老的种族。
2 "羲皇上人"，指伏羲氏（羲皇）以前的人。

五十九 "圣武"

我前回已经说过"什么主义都与中国无干"的话了；今天忽然又有些意见，便再写在下面：

我想，我们中国本不是发生新主义的地方，也没有容纳新主义的处所，即使偶然有些外来思想，也立刻变了颜色，而且许多论者反要以此自豪。我们只要留心译本上的序跋，以及各样对于外国事情的批评议论，便能发见我们和别人的思想中间，的确还隔着几重铁壁。他们是说家庭问题的，我们却以为他鼓吹打仗；他们是写社会缺点的，我们却说他讲笑话；他们以为好的，我们说来却是坏的。若再留心看看别国的国民性格，国民文学，再翻一本文人的评传，便更能明白别国著作里写出的性情，作者的思想，几乎全不是中国所有。所以不会了解，不会同情，不会感应；甚至彼我间的是非爱憎，也免不了得到一个相反的结果。

新主义宣传者是放火人么，也须别人有精神的燃料，才会着火；是弹琴人么，别人的心上也须有弦索，才会出声；是发声器么，别人也必须是发声器，才会共鸣。中国人都有些不很像，所以不会相干。

几位读者怕要生气，说，"中国时常有将性命去殉他主义的人，中华民国以来，也因为主义上死了多少烈士，你何以一笔抹杀？吓！"这话也是真的。我们从旧的外来思想说罢，六朝的确有许多焚身的和尚，唐朝也有过砍下臂膊布施无赖的和尚；从新的说罢，自然也有过几个人的。然而与中国历史，仍不相干。因为历史结帐，不能像数学一般精密，写下许多小数，却只能学粗人算帐的四舍五入法门，记一笔整数。

中国历史的整数里面，实在没有什么思想主义在内。这整数只是两种物质，——是刀与火，"来了"便是他的总名。

火从北来便逃向南，刀从前来便退向后，一大堆流水帐簿，只有这一个模型。倘嫌"来了"的名称不很庄严，"刀与火"也触目，我们也可以别想花样，奉献一个谥法，称作"圣武"[1]，便好看了。

古时候，秦始皇帝很阔气，刘邦和项羽都看见了；邦说，"嗟乎！大丈夫当如此也！"羽说，"彼可取而代也！"羽要

---

1 "圣武"，对帝王武功的颂词。

"取"什么呢？便是取邦所说的"如此"。"如此"的程度，虽有不同，可是谁也想取；被取的是"彼"，取的是"丈夫"。所有"彼"与"丈夫"的心中，便都是这"圣武"的产生所，受纳所。

何谓"如此"？说起来话长；简单地说，便只是纯粹兽性方面的欲望的满足——威福，子女，玉帛，——罢了。然而在一切大小丈夫，却要算最高理想（？）了。我怕现在的人，还被这理想支配着。

大丈夫"如此"之后，欲望没有衰，身体却疲敝了；而且觉得暗中有一个黑影——死——到了身边了。于是无法，只好求神仙。这在中国，也要算最高理想了。我怕现在的人，也还被这理想支配着。

求了一通神仙，终于没有见，忽然有些疑惑了。于是要造坟，来保存死尸，想用自己的尸体，永远占据着一块地面。这在中国，也要算一种没奈何的最高理想了。我怕现在的人，也还被这理想支配着。

现在的外来思想，无论如何，总不免有些自由平等的气息，互助共存的气息，在我们这单有"我"，单想"取彼"，单要由我喝尽了一切空间时间的酒的思想界上，实没有插足的余地。

因此，只须防那"来了"便够了。看看别国，抗拒这"来了"的便是有主义的人民。他们因为所信的主义，牺牲了别的一切，用骨肉碰钝了锋刃，血液浇灭了烟焰。在刀光火色衰微中，看出一种薄明的天色，便是新世纪的曙光。

曙光在头上，不抬起头，便永远只能看见物质的闪光。

（最初发表于1919年5月《新青年》第六卷第五号）

六十一　不满

欧战才了的时候，中国很抱着许多希望，因此现在也发出许多悲观绝望的声音，说"世界上没有人道"，"人道这句话是骗人的"。有几位评论家，还引用了他们外国论者自己责备自己的文字，来证明所谓文明人者，比野蛮尤其野蛮。

这诚然是痛快淋漓的话，但要问：照我们的意见，怎样才算有人道呢？那答话，想来大约是"收回治外法权，收回租界，退还庚子赔款……"现在都很渺茫，实在不合人道。

但又要问：我们中国的人道怎么样？那答话，想来只能"……"。对于人道只能"……"的人的头上，决不会掉下人道来。因为人道是要各人竭力挣来，培植，保养的，不是别人布施，捐助的。

其实近于真正的人道，说的人还不很多，并且说了还要犯罪。若论皮毛，却总算略有进步了。这回虽然是一场恶战，也居然没有"食肉寝皮"，没有"夷其社稷"，而且新兴了十八个小国。就是德国对待比国，都说残暴绝伦，但看比国的公布，也只是囚徒不给饮食，村长挨了打骂，平民送上战线之类。这些事情，在我们中国自己对自己也常有，算得什么希奇？

人类尚未长成，人道自然也尚未长成，但总在那里发荣滋长。我们如果问问良心，觉得一样滋长，便什么都不必忧愁；将来总要走同一的路。看罢，他们是战胜军国主义的，他们的评论家还是自己责备自己，有许多不满。不满是向上的车轮，能够载着不自满的人类，向人道前进。

多有不自满的人的种族，永远前进，永远有希望。

多有只知责人不知反省的人的种族，祸哉祸哉！

（最初发表于1919年11月1日《新青年》第六卷第六号）

六十二　恨恨而死

古来很有几位恨恨而死的人物。他们一面说些"怀才不遇""天道宁论"的话，一面有钱的便狂嫖滥赌，没钱的便喝几十碗酒，——因为不平的缘故，于是后来就恨恨而死了。

我们应该趁他们活着的时候问他：诸公！您知道北京离昆仑山几里，弱水去黄河几丈么？火药除了做鞭爆，罗盘除了看风水，还有什么用处么？棉花是红的还是白的？谷子是长在树上，还是长在草上？桑间濮上[1]如何情形，自由恋爱怎样态度？您在半夜里可忽然觉得有些羞，清早上可居然有点悔么？四斤的担，您能挑么？三里的道，您能跑么？

他们如果细细的想，慢慢的悔了，这便很有些希望。万一越发不平，越发愤怒，那便"爱莫能助"。——于是他们终于恨恨而死了。

---

1 桑间濮上，桑间，在濮水上，春秋时卫国的地方。相传当时附近男女常在这里聚会。

中国现在的人心中，不平和愤恨的分子太多了。不平还是改造的引线，但必须先改造了自己，再改造社会，改造世界；万不可单是不平。至于愤恨，却几乎全无用处。

愤恨只是恨恨而死的根苗，古人有过许多，我们不要蹈他们的覆辙。

我们更不要借了"天下无公理，无人道"这些话，遮盖自暴自弃的行为，自称"恨人"，一副恨恨而死的脸孔，其实并不恨恨而死。

（最初发表于1919年11月1日《新青年》第六卷第六号）

六十三 "与幼者"

做了《我们现在怎样做父亲》的后两日，在有岛武郎[1]《著作集》里看到《与幼者》这一篇小说，觉得很有许多好的话。

时间不住的移过去。你们的父亲的我，到那时候，怎样映在你们（眼）里，那是不能想像的了。大约像我在现在，嗤笑可怜那过去的时代一般，你们也要嗤笑可怜我的古老的心思，也未可知的。我为你们计，但愿这样子。你们若不是毫不客气的拿我做一个踏脚，超越了我，向着高的远的地方进去，那便是错的。

人间很寂寞。我单能这样说了就算么？你们和我，像尝过血的兽一样，尝过爱了。去罢，为要将我的周围从寂寞中救出，竭力做事罢。我爱过你们，而且永远爱着。这

---

1 有岛武郎（1878—1923），日本小说家。

并不是说，要从你们受父亲的报酬，我对于"教我学会了爱你们的你们"的要求，只是受取我的感谢罢了……像吃尽了亲的死尸，贮着力量的小狮子一样，刚强勇猛，舍了我，踏到人生上去就是了。

我的一生就令怎样失败，怎样胜不了诱惑；但无论如何，使你们从我的足迹上寻不出不纯的东西的事，是要做的，是一定做的。你们该从我的倒毙的所在，跨出新的脚步去。但那里走，怎么走的事，你们也可以从我的足迹上探索出来。

幼者呵！将又不幸又幸福的你们的父母的祝福，浸在胸中，上人生的旅路罢。前途很远，也很暗。然而不要怕。不怕的人的面前才有路。

走罢！勇猛着！幼者呵！

有岛氏是白桦派[1]，是一个觉醒的，所以有这等话；但里面也免不了带些眷恋凄怆的气息。

---

1 白桦派，日本近代文学流派，出版《白桦》杂志（1910—1923），故名。他们提倡新理想主义和人道主义。有岛武郎是其重要成员。

这也是时代的关系。将来便不特没有解放的话，并且不起解放的心，更没有什么眷恋和凄怆；只有爱依然存在。——但是对于一切幼者的爱。

（最初发表于1919年11月1日《新青年》第六卷第六号）

六十四　有无相通

　　南北的官僚虽然打仗，南北的人民却很要好，一心一意的在那里"有无相通"。

　　北方人可怜南方人太文弱，便教给他们许多拳脚：什么"八卦拳""太极拳"，什么"洪家""侠家"，什么"阴截腿""抱桩腿""谭腿""戳脚"，什么"新武术""旧武术"，什么"实为尽美尽善之体育"，"强国保种尽在于斯"。

　　南方人也可怜北方人太简单了，便送上许多文章：什么"……梦""……魂""……痕""……影""……泪"，什么"外史""趣史""秽史""秘史"，什么"黑幕""现形"，什么"淌牌""吊膀""拆白"，什么"噫嘻卿卿我我""呜呼燕燕莺莺""吁嗟风风雨雨"，"耐阿是勒浪勿要面孔哉！"

　　直隶山东的侠客们，勇士们呵！诸公有这许多筋力，大可以做一点神圣的劳作；江苏浙江湖南的才子们，名士们呵！诸公有这许多文才，大可以译几叶有用的新书。我们改良点自己，保全些别人；想些互助的方法，收了互害的局面罢！

（最初发表于1919年11月1日《新青年》第六卷第六号）

六十五　暴君的臣民

　　从前看见清朝几件重案的记载，"臣工"[1]拟罪很严重，"圣上"常常减轻，便心里想：大约因为要博仁厚的美名，所以玩这些花样罢了。后来细想，殊不尽然。

　　暴君治下的臣民，大抵比暴君更暴；暴君的暴政，时常还不能餍足暴君治下的臣民的欲望。

　　中国不要提了罢。在外国举一个例：小事件则如Gogol[2]的剧本《按察使》，众人都禁止他，俄皇却准开演；大事件则如巡抚想放耶稣，众人却要求将他钉上十字架。

　　暴君的臣民，只愿暴政暴在他人的头上，他却看着高兴，拿"残酷"做娱乐，拿"他人的苦"做赏玩，做慰安。

---

1 "臣工"，群臣百官。
2 Gogol，果戈理。

自己的本领只是"幸免"。

从"幸免"里又选出牺牲，供给暴君治下的臣民的渴血的欲望，但谁也不明白。死的说"阿呀"，活的高兴着。

（最初发表于1919年11月1日《新青年》第六卷第六号）

六十六　生命的路

想到人类的灭亡是一件大寂寞大悲哀的事；然而若干人们的灭亡，却并非寂寞悲哀的事。

生命的路是进步的，总是沿着无限的精神三角形的斜面向上走，什么都阻止他不得。

自然赋与人们的不调和还很多，人们自己萎缩堕落退步的也还很多，然而生命决不因此回头。无论什么黑暗来防范思潮，什么悲惨来袭击社会，什么罪恶来亵渎人道，人类的渴仰完全的潜力，总是踏了这些铁蒺藜向前进。

生命不怕死，在死的面前笑着跳着，跨过了灭亡的人们向前进。

什么是路？就是从没路的地方践踏出来的，从只有荆棘的地方开辟出来的。

以前早有路了，以后也该永远有路。

人类总不会寂寞，因为生命是进步的，是乐天的。

热

风

　　昨天，我对我的朋友L¹说，"一个人死了，在死者自身和他的眷属是悲惨的事，但在一村一镇的人看起来不算什么；就是一省一国一种……"

　　L很不高兴，说，"这是Natur（自然）的话，不是人们的话。你应该小心些。"

　　我想，他的话也不错。

　　（最初发表于1919年11月1日《新青年》第六卷第六号）

---

1 这里和下文的"L"，最初发表时都作"鲁迅"。

智识即罪恶

　　我本来是一个四平八稳，给小酒馆打杂，混一口安稳饭吃的人，不幸认得几个字，受了新文化运动的影响，想求起智识来了。

　　那时我在乡下，很为猪羊不平；心里想，虽然苦，倘也如牛马一样，可以有一件别的用，那就免得专以卖肉见长了。然而猪羊满脸呆气，终生胡涂，实在除了保持现状之外，没有别的法。所以，诚然，智识是要紧的！

　　于是我跑到北京，拜老师，求智识。地球是圆的。元质[1]有七十多种。$x+y=z$。闻所未闻，虽然难，却也以为是人所应该知道的事。

　　有一天，看见一种日报，却又将我的确信打破了。报上有一位虚无哲学家说：智识是罪恶，赃物……。虚无哲学，多大的

---

1 元质，即化学元素。

权威呵，而说道智识是罪恶。我的智识虽然少，而确实是智识，这倒反而坑了我了。我于是请教老师去。

老师道："哑，你懒得用功，便胡说，走！"

我想："老师贪图束脩罢。智识倒也还不如没有的稳当，可惜粘在我脑里，立刻抛不去，我赶快忘了他罢。"

然而迟了。因为这一夜里，我已经死了。

半夜，我躺在公寓的床上，忽而走进两个东西来，一个"活无常"，一个"死有分"[1]。但我却并不诧异，因为他们正如城隍庙里塑着的一般。然而跟在后面的两个怪物，却使我吓得失声，因为并非牛头马面，而却是羊面猪头！我便悟到，牛马还太聪明，犯了罪，换上这诸公了，这可见智识是罪恶……。我没有想完，猪头便用嘴将我一拱，我于是立刻跌入阴府里，用不着久等烧车马。

到过阴间的前辈先生多说，阴府的大门是有匾额和对联的，我留心看时，却没有，只见大堂上坐着一位阎罗王。希奇，他便是我的隔壁的大富豪朱朗翁。大约钱是身外之物，带不到阴间的，所以一死便成为清白鬼了，只是不知道怎么又做了大

1"活无常"和"死有分"，都是迷信传说地狱中的勾魂使者。

官。他只穿一件极俭朴的爱国布的龙袍，但那龙颜却比活的时候胖得多了。

"你有智识么？"朗翁脸上毫无表情的问。

"没……"我是记得虚无哲学家的话的，所以这样答。

"说没有便是有——带去！"

我刚想：阴府里的道理真奇怪……却又被羊角一叉，跌出阎罗殿去了。

其时跌在一坐城池里，其中都是青砖绿门的房屋，门顶上大抵是洋灰做的两个所谓狮子，门外面都挂一块招牌。倘在阳间，每一所机关外总挂五六块牌，这里却只一块，足见地皮的宽裕了。这瞬息间，我又被一位手执钢叉的猪头夜叉用鼻子拱进一间屋子里去，外面有牌额是：

"油豆滑跌小地狱"

进得里面，却是一望无边的平地，满铺了白豆拌着桐油。只见无数的人在这上面跌倒又起来，起来又跌倒。我也接连的摔了十二交，头上长出许多疙瘩来。但也有竟在门口坐着躺着，不想爬起，虽然浸得油汪汪的，却毫无一个疙瘩的人，可惜我去问他，他们都瞠着眼不说话。我不知道他们是不听见呢还是不懂，不愿意说呢还是无话可谈。

我于是跌上前去，去问那些正在乱跌的人们。其中的一个道：

"这就是罚智识的，因为智识是罪恶，赃物……。我们还算是轻的呢。你在阳间的时候，怎么不昏一点？……"他气喘吁吁的断续的说。

"现在昏起来罢。"

"迟了。"

"我听得人说，西医有使人昏睡的药，去请他注射去，好么？"

"不成，我正因为知道医药，所以在这里跌，连针也没有了。"

"那么……有专给人打吗啡针的，听说多是没智识的人……我寻他们去。"

在这谈话时，我们本已滑跌了几百交了。我一失望，便更不留神，忽然将头撞在白豆稀薄的地面上。地面很硬，跌势又重，我于是胡里胡涂的发了昏……

阿！自由！我忽而在平野上了，后面是那城，前面望得见公寓。我仍然胡里胡涂的走，一面想：我的妻和儿子，一定已经上京了，他们正围着我的死尸哭呢。我于是扑向我的躯壳去，便直坐起来，他们吓跑了，后来竭力说明，他们才了然，都高兴得大叫道：你还阳了，呵呀，我的老天爷哪……

我这样胡里胡涂的想时，忽然活过来了……

没有我的妻和儿子在身边，只有一个灯在桌上，我觉得自己睡在公寓里。间壁的一位学生已经从戏园回来，正哼着"先帝爷唉唉唉"哩，可见时候是不早了。

这还阳还得太冷静，简直不像还阳，我想，莫非先前也并没有死么？

倘若并没死，那么，朱朗翁也就并没有做阎罗王。

解决这问题，用智识究竟还怕是罪恶，我们还是用感情来决一决罢。

十月二十三日。

（最初发表于1921年10月23日《晨报副刊》的"开心话"栏）

事实胜于雄辩

西哲说：事实胜于雄辩。我当初很以为然，现在才知道在我们中国，是不适用的。

去年我在青云阁的一个铺子里买过一双鞋，今年破了，又到原铺子去照样的买一双。

一个胖伙计，拿出一双鞋来，那鞋头又尖又浅了。

我将一只旧式的和一只新式的都排在柜上，说道：

"这不一样……"

"一样，没有错。"

"这……"

"一样，您瞧！"

我于是买了尖头鞋走了。

我顺便有一句话奉告我们中国的某爱国大家，您说，攻击本国的缺点，是拾某国人的唾余的，试在中国上，加上我们二字，看看通不通。

现在我敬谨加上了，看过了，然而通的。

您瞧！

十一月四日。

（最初发表于1921年11月4日《晨报副刊》）

估《学衡》

我在二月四日的《晨报副刊》上看见式芬先生的杂感[1]，很诧异天下竟有这样拘迂的老先生，竟不知世故到这地步，还来同《学衡》诸公谈学理。夫所谓《学衡》者，据我看来，实不过聚在"聚宝之门"左近的几个假古董所放的假毫光；虽然自称为"衡"，而本身的称星尚且未曾钉好，更何论于他所衡的轻重的是非。所以，决用不着较准，只要估一估就明白了。

《弁言》说，"籀绎之作必趋雅音以崇文"，"籀绎"如此，述作可知。夫文者，即使不能"载道"，却也应该"达意"，而不幸诸公虽然张皇国学，笔下却未免欠亨，不能自了，何以"衡"人。这实在是一个大缺点。看罢，诸公怎么说：

《弁言》云，"杂志迄例弁以宣言"，按宣言即布告，而弁者，周人戴在头上的瓜皮小帽一般的帽子，明明是顶上的东西，

---

1 式芬先生的杂感，指周作人的《〈评尝试集〉匡谬》。

所以“弁言”就是序，异于“杂志迩例”的宣言，并为一谈，太汗漫了。《评提倡新文化者》文中说，“或操笔以待。每一新书出版。必为之序。以尽其领袖后进之责。顾亭林日。人之患在好为人序。其此之谓乎。故语彼等以学问之标准与良知。犹语商贾以道德。娼妓以贞操也。”原来做一篇序“以尽其领袖后进之责”，便有这样的大罪案。然而诸公又何以也“突而弁兮”的“言”了起来呢？照前文推论，那便是我的质问，却正是“语商贾以道德。娼妓以贞操也”了。

《中国提倡社会主义之商榷》中说，“凡理想学说之发生。皆有其历史上之背影。决非悬空虚构。造乌托之邦。作无病之呻者也。”查“英吉之利”的摩耳[1]，并未做Pia of Uto，虽日之乎者也，欲罢不能，但别寻古典，也非难事，又何必当中加楦呢。于古未闻“睹史之陀”，在今不云“宁古之塔”，奇句如此，真可谓“有病之呻”了。

《国学摭谭》中说，“虽三皇寥廓而无极。五帝搢绅先生难言之。”人而能“寥廓”，已属奇闻，而第二句尤为费解，不知是三皇之事，五帝和搢绅先生皆难言之，抑是五帝之事，搢绅先生

1 摩耳（T. More，1478—1535），通译莫尔，英国思想家，空想社会主义创始人之一。

也难言之呢？推度情理，当从后说，然而太史公所谓"搢绅先生难言之"者，乃指"百家言黄帝"而并不指五帝，所以翻开《史记》，便是赫然的一篇《五帝本纪》，又何尝"难言之"。难道太史公在汉朝，竟应该算是下等社会中人么？

《记白鹿洞谈虎》中说，"诸父老能健谈。谈多称虎。当其摹示抉噬之状。闻者鲜不色变。退而记之。亦资诙噱之类也。"姑不论其"能""健""谈""称"，床上安床，"抉噬之状"，终于未记，而"变色"的事，但"资诙噱"，也可谓太远于事情。倘使但"资诙噱"，则先前的闻而色变者，简直是呆子了。记又云，"伥者。新鬼而膏虎牙者也。"刚做新鬼，便"膏虎牙"，实在可悯。那么，虎不但食人，而且也食鬼了。这是古来未知的新发见。

《渔丈人行》的起首道："楚王无道杀伍奢。覆巢之下无完家。"这"无完家"虽比"无完卵"新奇，但未免颇有语病。假如"家"就是鸟巢，那便犯了复，而且"之下"二字没有着落，倘说是人家，则掉下来的鸟巢未免太沉重了。除了大鹏金翅鸟（出《说岳全传》），断没有这样的大巢，能够压破彼等的房子。倘说是因为押韵，不得不然，那我敢说：这是"挂脚韵"。押韵至于如此，则翻开《诗韵合璧》的"六麻"来，写道"无完蛇""无完瓜""无完叉",都无所不可的。

还有《浙江采集植物游记》,连题目都不通了。采集有所务,并非漫游,所以古人作记,务与游不并举,地与游才相连。匡庐峨眉,山也,则曰纪游,采硫访碑,务也,则曰日记。虽说采集时候,也兼游览,但这应该包举在主要的事务里,一列举便不"古"了。例如这记中也说起吃饭睡觉的事,而题目不可作《浙江采集植物游食眠记》。

以上不过随手拾来的事,毛举起来,更要费笔费墨费时费力,犯不上,中止了。因此诸公的说理,便没有指正的必要,文且未亨,理将安托,穷乡僻壤的中学生的成绩,恐怕也不至于此的了。

总之,诸公掊击新文化而张皇旧学问,倘不自相矛盾,倒也不失其为一种主张。可惜的是于旧学并无门径,并主张也还不配。倘使字句未通的人也算是国粹的知己,则国粹更要惭惶煞人!"衡"了一顿,仅仅"衡"出了自己的铢两来,于新文化无伤,于国粹也差得远。

我所佩服诸公的只有一点,是这种东西也居然会有发表的勇气。

(最初发表于1922年2月9日《晨报副刊》)

为"俄国歌剧团"

我不知道，——其实是可以算知道的，然而我偏要这样说，——俄国歌剧团何以要离开他的故乡，却以这美妙的艺术到中国来博一点茶水喝。你们还是回去罢！

我到第一舞台看俄国的歌剧，是四日的夜间，是开演的第二日。

一入门，便使我发生异样的心情了：中央三十多人，旁边一大群兵，但楼上四五等中还有三百多的看客。

有人初到北京的，不久便说：我似乎住在沙漠里了。

是的，沙漠在这里。

没有花，没有诗，没有光，没有热。没有艺术，而且没有趣味，而且至于没有好奇心。

沉重的沙……

我是怎么一个怯弱的人呵。这时我想：倘使我是一个歌人，我的声音怕要销沉了罢。

沙漠在这里。

然而他们舞蹈了，歌唱了，美妙而且诚实的，而且勇猛的。

流动而且歌吟的云……

兵们拍手了，在接吻的时候。兵们又拍手了，又在接吻的时候。

非兵们也有几个拍手了，也在接吻的时候，而一个最响，超出于兵们的。

我是怎么一个褊狭的人呵。这时我想：倘使我是一个歌人，我怕要收藏了我的竖琴，沉默了我的歌声罢。倘不然，我就要唱我的反抗之歌。

而且真的，我唱了我的反抗之歌了！

沙漠在这里，恐怖的……

然而他们舞蹈了，歌唱了，美妙而且诚实的，而且勇猛的。

你们漂流转徙的艺术者，在寂寞里歌舞，怕已经有了归心了罢。你们大约没有复仇的意思，然而一回去，我们也就被复仇了。

比沙漠更可怕的人世在这里。

呜呼！这便是我对于沙漠的反抗之歌，是对于相识以及不相识的同感的朋友的劝诱，也就是为流转在寂寞中间的歌人们的广告。

四月九日。

（最初发表于1922年4月9日《晨报副刊》）

无题

私立学校游艺大会的第二日，我也和几个朋友到中央公园去走一回。

我站在门口帖着"昆曲"两字的房外面，前面是墙壁，而一个人用了全力要从我的背后挤上去，挤得我喘不出气。他似乎以为我是一个没有实质的灵魂了，这不能不说他有一点错。

回去要分点心给孩子们，我于是乎到一个制糖公司里去买东西。买的是"黄枚朱古律三文治"。

这是盒子上写着的名字，很有些神秘气味了。然而不的，用英文，不过是Chocolate apricot sandwich[1]。

我买定了八盒这"黄枚朱古律三文治"，付过钱，将他们装入衣袋里。不幸而我的眼光忽然横溢了，于是看见那公司的伙计正搓开了五个指头，罩住了我所未买的别的一切"黄枚朱古律

---

1 Chocolate apricot sandwich，今译巧克力杏仁夹心面包。

三文治"。

这明明是给我的一个侮辱！然而，其实，我可不应该以为这是一个侮辱，因为我不能保证他如不罩住，也可以在纷乱中永远不被偷。也不能证明我决不是一个偷儿，也不能自己保证我在过去现在以至未来决没有偷窃的事。

但我在那时不高兴了，装出虚伪的笑容，拍着这伙计的肩头说：

"不必的，我决不至于多拿一个……"

他说："那里那里……"赶紧掣回手去，于是惭愧了。这很出我意外，——我预料他一定要强辩，——于是我也惭愧了。

这种惭愧，往往成为我的怀疑人类的头上的一滴冷水，这于我是有损的。

夜间独坐在一间屋子里，离开人们至少也有一丈多远了。吃着分剩的"黄枚朱古律三文治"；看几叶托尔斯泰的书，渐渐觉得我的周围，又远远地包着人类的希望。

四月十二日。

（最初发表于1922年4月12日《晨报副刊》）

"以震其艰深"

上海租界上的"国学家",以为做白话文的大抵是青年,总该没有看过古董书的,于是乎用了所谓"国学"来吓呼他们。

《时报》上载着一篇署名"涵秋[1]"的《文字感想》,其中有一段说:

> 新学家薄国学为不足道故为钩辀格磔[2]之文以震其艰深也一读之欲呕再读之昏昏睡去矣

领教。我先前只以为"钩辀格磔"是古人用他来形容鹧鸪的啼声,并无别的深意思;亏得这《文字感想》,才明白这是怪鹧鸪啼得"艰深"了,以此责备他的。但无论如何,"艰深"却

---

1 涵秋,李涵秋(1873—1923),别署沁香阁主、韵香阁主,江苏江都(今扬州)人,"鸳鸯蝴蝶派"的主要作家之一。
2 钩辀格磔,象声词,鹧鸪鸣声。

不能令人"欲呕",闻鹧鸪啼而呕者,世固无之,即以文章论,"粤若稽古",注释纷纭,"绛即东雍",圈点不断,这总该可以算是艰深的了,可是也从未听说,有人因此反胃。呕吐的原因决不在乎别人文章的"艰深",是在乎自己的身体里的,大约因为"国学"积蓄得太多,笔不及写,所以涌出来了罢。

"以震其艰深也"的"震"字,从国学的门外汉看来也不通,但也许是为手民[1]所误的,因为排字印报也是新学,或者也不免要"以震其艰深"。

否则,如此"国学",虽不艰深,却是恶作,真是"一读之欲呕",再读之必呕矣。

国学国学,新学家既"薄为不足道",国学家又道而不能亨,你真要道尽途穷了!

九月二十日。

（最初发表于1922年9月20日《晨报副刊》）

---

1 手民,指排字工人。

所谓"国学"

现在暴发的"国学家"之所谓"国学"是什么?

一是商人遗老们翻印了几十部旧书赚钱,二是洋场上的文豪又做了几篇鸳鸯蝴蝶体小说出版。

商人遗老们的印书是书籍的古董化,其置重不在书籍而在古董。遗老有钱,或者也不过聊以自娱罢了,而商人便大吹大擂的借此获利。还有茶商盐贩,本来是不齿于"士类"的,现在也趁着新旧纷扰的时候,借刻书为名,想挨进遗老遗少的"士林"里去。他们所刻的书都无民国年月,辨不出是元版是清版,都是古董性质,至少每本两三元,绵连,锦帙[1],古色古香,学生们是买不起的。这就是他们之所谓"国学"。

然而巧妙的商人可也决不肯放过学生们的钱的,便用坏纸恶墨别印什么"菁华"什么"大全"之类来搜括。定价并不大,

---

1 绵连,即连史纸,质坚色白,宜于印刷贵重书籍。锦帙,用锦绸裱制的精美书函。

但和纸墨一比较却是大价了。至于这些"国学"书的校勘，新学家不行，当然是出于上海的所谓"国学家"的了，然而错字叠出，破句连篇（用的并不是新式圈点），简直是拿少年来开玩笑。这是他们之所谓"国学"。

洋场上的往古所谓文豪，"卿卿我我""蝴蝶鸳鸯"诚然做过一小堆，可是自有洋场以来，从没有人称这些文章（？）为国学，他们自己也并不以"国学家"自命的。现在不知何以，忽而奇想天开，也学了盐贩茶商，要凭空挨进"国学家"队里去了。然而事实很可惨，他们之所谓国学，是"拆白之事各处皆有而以上海一隅为最甚（中略）余于课余之暇不惜浪费笔墨编纂事实作一篇小说以饷阅者想亦阅者所乐闻也"。（原本每句都密圈，今从略，以省排工，阅者谅之。）

"国学"乃如此而已乎？

试去翻一翻历史里的儒林和文苑传罢，可有一个将旧书当古董的鸿儒，可有一个以拆白饷阅者的文士？

倘说，从今年起，这些就是"国学"，那又是"新"例了。你们不是讲"国学"的么？

（最初发表于1922年10月4日《晨报副刊》）

儿歌的"反动"

一 儿歌

胡怀琛[1]

"月亮！月亮！

还有半个那里去了？"

"被人家偷去了。"

"偷去做甚么？"

"当镜子照。"

二 反动歌

小孩子

天上半个月亮，

我道是"破镜飞上天"，

---

1 胡怀琛（1886—1938），字寄尘，安徽泾县人，"鸳鸯蝴蝶派"作家之一。

原来却是被人偷下地了。

有趣呀，有趣呀，成了镜子了！

可是我见过圆的方的长方的八角六角

　的菱花式的宝相花式的镜子矣，

　没有见过半月形的镜子也。

　我于是乎很不有趣也！

　　谨案小孩子略受新潮，辄敢妄行诘难，人心不古，良足慨然！然拜读原诗，亦存小失，倘能改第二句为"两半个都那里去了"，即成全璧矣。胡先生凤擅改削，当不以鄙言为河汉也。夏历中秋前五日，某生者谨注。

　　　　　　　　　　　　　　　　十月九日。

　　　　　（最初发表于1922年10月9日《晨报副刊》）

"一是之学说"

　　我从《学灯》上看见驳吴宓[1]君《新文化运动之反应》这一篇文章之后，才去寻《中华新报》来看他的原文。

　　那是一篇浩浩洋洋的长文，该有一万多字罢，——而且还有作者吴宓君的照相。记者又在论前介绍说，"泾阳吴宓君美国哈佛大学硕士现为国立东南大学西洋文学教授君既精通西方文学得其神髓而国学复涵养甚深近主撰学衡杂志以提倡实学为任时论崇之"。

　　但这篇大文的内容是很简单的。说大意，就是新文化本也可以提倡的，但提倡者"当思以博大之眼光。宽宏之态度。肆力学术。深窥精研。观其全体。而贯通澈悟。然后平情衡理。执中驭物。造成一是之学说。融合中西之精华。以为一国一时之用。"而可恨"近年有所谓新文化运动者。本其偏激之主张。佐

────────────

1 吴宓（1894—1978），字雨僧，陕西泾阳人，学者、诗人、教育家。

以宣传之良法。……加之喜新盲从者之多。"便忽而声势浩大起来。殊不知"物极必反。理有固然。"于是"近顷于新文化运动怀疑而批评之书报渐多"了。这就谓之"新文化运动之反应"。然而"又所谓反应者非反抗之谓……读者幸勿因吾论列于此。而遂疑其为不赞成新文化者"云。

反应的书报一共举了七种，大体上都是"执中驭物"，宣传"正轨"的新文化的。现在我也来介绍一回：一《民心周报》，二《经世报》，三《亚洲学术杂志》，四《史地学报》，五《文哲学报》，六《学衡》，七《湘君》。

此外便是吴君对于这七种书报的"平情衡理"的批评（？）了。例如《民心周报》，"自发刊以至停版。除小说及一二来稿外。全用文言。不用所谓新式标点。即此一端。在新潮方盛之时。亦可谓砥柱中流矣。"至于《湘君》之用白话及标点，却又别有道理，那是"《学衡》本事理之真。故拒斥粗劣白话及英文标点。《湘君》求文艺之美。故兼用通妥白话及新式标点"的。总而言之，主张偏激，连标点也就偏激，那白话自然更不"通妥"了。即如我的白话，离通妥就很远；而我的标点则是"英文标点"。

但最"贯通澈悟"的是拉《经世报》来做"反应"，当《经世报》出版的时候，还没有"万恶孝为先"的谣言，而他们却早已发过许多崇圣的高论，可惜现在从日报变了月刊，实在有些萎缩现象了。至于"其于君臣之伦。另下新解"，"《亚洲学术杂志》议其牵强附会。必以君为帝王"，实在并不错，这才可以算得"新文化之反应"，而吴君又以为"则过矣"，那可是自己"则过矣"了。因为时代的关系，那时的君，当然是帝王而不是大总统。又如民国以前的议论，也因为时代的关系，自然多含革命的精神，《国粹学报》便是其一，而吴君却怪他谈学术而兼涉革命，也就是过于"融合"了时间的先后的原因。

此外还有一个太没见识处，就是遗漏了《长青》，《红》，《快活》，《礼拜六》等近顷风起云涌的书报，这些实在都是"新文化运动的反应"，而且说"通妥白话"的。

十一月三日。

（最初发表于1922年11月3日《晨报副刊》）

不懂的音译

一

凡有一件事，总是永远缠夹不清的，大约莫过于在我们中国了。

翻外国人的姓名用音译，原是一件极正当，极平常的事，倘不是毫无常识的人们，似乎决不至于还会说费话。然而在上海报（我记不清楚什么报了，总之不是《新申报》便是《时报》）上，却又有伏在暗地里掷石子的人来嘲笑了。他说，做新文学家的秘诀，其一是要用些"屠介纳夫"[1] "郭歌里"[2]之类使人不懂的字样的。

凡有旧来音译的名目：靴，狮子，葡萄，萝卜，佛，伊犁等……都毫不为奇的使用，而独独对于几个新译字来作怪；若是明知的，便可笑；倘不，更可怜。

---

1 "屠介纳夫"，通译屠格涅夫。
2 "郭歌里"，通译果戈理。

其实是，现在的许多翻译者，比起往古的翻译家来，已经含有加倍的顽固性的了。例如南北朝人译印度的人名：阿难陀，实叉难陀，鸠摩罗什婆……决不肯附会成中国的人名模样，所以我们到了现在，还可以依了他们的译例推出原音来。不料直到光绪末年，在留学生的书报上，说是外国出了一个"柯伯坚"[1]，倘使粗粗一看，大约总不免要疑心他是柯府上的老爷柯仲软的令兄的罢，但幸而还有照相在，可知道并不如此，其实是俄国的Kropotkin。那书上又有一个"陶斯道"[2]，我已经记不清是Dostoievski呢，还是Tolstoi了。

　　这"屠介纳夫"和"郭歌里"，虽然古雅赶不上"柯伯坚"，但于外国人的氏姓上定要加一个《百家姓》里所有的字，却几乎成了现在译界的常习，比起六朝和尚[3]来，已可谓很"安本分"的了。然而竟还有人从暗中来掷石子，装鬼脸，难道真所谓"人心不古"么？

　　我想，现在的翻译家倒大可以学学"古之和尚"，凡有人名地名，什么音便怎么译，不但用不着白费心思去嵌镶，而且还须

1 "柯伯坚"，通译克鲁泡特金（П. А. Кропоткин，1842－1921），俄国无政府主义
　 思想家。
2 "陶斯道"，从该文内容看，是指托尔斯泰（即文中的Tolstoi）。
3 六朝和尚，指道安、鸠摩罗什等著名的佛经翻译者。

去改正。即如"柯伯坚",现在虽然改译"苦鲁巴金"了,但第一音既然是 K 不是 Ku,我们便该将"苦"改作"克",因为 K 和 Ku 的分别,在中国字音上是办得到的。

而中国却是更没有注意到,所以去年 Kropotkin 死去的消息传来的时候,上海《时报》便用日俄战争时旅顺败将 Kuropatkin 的照相,把这位无治主义老英雄的面目来顶替了。

十一月四日。

二

自命为"国学家"的对于译音也加以嘲笑,确可以算得一种古今的奇闻;但这不特显示他的昏愚,实在也足以看出他的悲惨。

倘如他的尊意,则怎么办呢?我想,这只有三条计。上策是凡有外国的事物都不谈;中策是凡有外国人都称之为洋鬼子,例如屠介纳夫的《猎人日记》,郭歌里的《巡按使》,都题为"洋鬼子著";下策是,只好将外国人名改为王羲之唐伯虎黄三太之类,例如进化论是唐伯虎提倡的,相对论是王羲之发明的,而发见美洲的则为黄三太。

倘不能,则为自命为国学家所不懂的新的音译语,可是要侵入真的国学的地域里来了。

中国有一部《流沙坠简》，印了将有十年了。要谈国学，那才可以算一种研究国学的书。开首有一篇长序，是王国维先生做的，要谈国学，他才可以算一个研究国学的人物。而他的序文中有一段说，"案古简所出为地凡三（中略）其三则和阗东北之尼雅城及马咱托拉拔拉滑史德三地也"。

这些译音，并不比"屠介纳夫"之类更古雅，更易懂。然而何以非用不可呢？就因为有三处地方，是这样的称呼；即使上海的国学家怎样冷笑，他们也仍然还是这样的称呼。当假的国学家正在打牌喝酒，真的国学家正在稳坐高斋读古书的时候，沙士比亚的同乡斯坦因博士却已经在甘肃新疆这些地方的沙碛里，将汉晋简牍掘去了；不但掘去，而且做出书来了。所以真要研究国学，便不能不翻回来；因为真要研究，所以也就不能行我的三策：或绝口不提，或但云"得于华夏"，或改为"获之于春申浦畔"了。

而且不特这一事。此外如真要研究元朝的历史，便不能不懂"屠介纳夫"的国文，因为单用些"鸳鸯""蝴蝶"这些字样，实在是不够敷衍的。所以中国的国学不发达则已，万一发达起来，则敢请恕我直言，可是断不是洋场上的自命为国学家"所能厕足其间者也"的了。

但我于序文里所谓三处中的"马咱托拉拔拉滑史德",起初却实在不知道怎样断句,读下去才明白二是"马咱托拉",三是"拔拉滑史德"。

所以要清清楚楚的讲国学,也仍然须嵌外国字,须用新式的标点的。

十一月六日。

（最初发表于1922年11月4日、6日《晨报副刊》）

对于批评家的希望

前两三年的书报上，关于文艺的大抵只有几篇创作（姑且这样说）和翻译，于是读者颇有批评家出现的要求，现在批评家已经出现了，而且日见其多了。

以文艺如此幼稚的时候，而批评家还要发掘美点，想扇起文艺的火焰来，那好意实在很可感。即不然，或则叹息现代作品的浅薄，那是望著作家更其深，或则叹息现代作品之没有血泪，那是怕著作界复归于轻佻。虽然似乎微辞过多，其实却是对于文艺的热烈的好意，那也实在是很可感谢的。

独有靠了一两本"西方"的旧批评论，或则捞一点头脑板滞的先生们的唾余，或则仗着中国固有的什么天经地义之类的，也到文坛上来践踏，则我以为委实太滥用了批评的权威。试将粗浅的事来比罢：譬如厨子做菜，有人品评他坏，他固不应该将厨刀铁釜交给批评者，说道你试来做一碗好的看：但他却可以有几条希望，就是望吃菜的没有"嗜痂之癖"[1]，没有喝醉了酒，没有害着热病，舌苔厚到二三分。

我对于文艺批评家的希望却还要小。我不敢望他们于解剖裁判别人的作品之前，先将自己的精神来解剖裁判一回，看本身有无浅薄卑劣荒谬之处，因为这事情是颇不容易的。我所希望的不过愿其有一点常识，例如知道裸体画和春画的区别，接吻和性交的区别，尸体解剖和戮尸的区别，出洋留学和"放诸四夷"的区别，笋和竹的区别，猫和老虎的区别，老虎和番菜馆的区别……。更进一步，则批评以英美的老先生学说为主，自然是悉听尊便的，但尤希望知道世界上不止英美两国；看不起托尔斯泰，自然也自由的，但尤希望先调查一点他的行实，真看过几本他所做的书。

还有几位批评家，当批评译本的时候，往往诋为不足齿数的劳力，而怪他何不去创作。创作之可尊，想来翻译家该是知道的，然而他竟止于翻译者，一定因为他只能翻译，或者偏爱翻译的缘故。所以批评家若不就事论事，而说些应当去如此如彼，是溢出于事权以外的事，因为这类言语，是商量教训而不是批评。

1"嗜痂之癖"，病态的、反常的嗜好。

现在还将厨子来比，则吃菜的只要说出品味如何就尽够，若于此之外，又怪他何以不去做裁缝或造房子，那是无论怎样的呆厨子，也难免要说这位客官是痰迷心窍的了。

十一月九日。

（最初发表于1922年11月9日《晨报副刊》）

反对"含泪"的批评家

现在对于文艺的批评日见其多了，是好现象；然而批评日见其怪了，是坏现象，愈多反而愈坏。

我看了很觉得不以为然的是胡梦华[1]君对于汪静之[2]君《蕙的风》的批评，尤其觉得非常不以为然的是胡君答复章鸿熙[3]君的信。

一，胡君因为《蕙的风》里有一句"一步一回头瞟我意中人"，便科以和《金瓶梅》一样的罪：这是锻炼周纳[4]的。《金瓶梅》卷首诚然有"意中人"三个字，但不能因为有三个字相同，便说这书和那书是一模样。例如胡君要青年去忏悔，而《金瓶梅》也明明说是一部"改过的书"，若因为这一点意思偶合，而说胡君的主张也等于《金瓶梅》，我实在没有这样

---

1 胡梦华(1901－1983)，安徽绩溪人，当时南京东南大学学生。
2 汪静之(1902－1996)，安徽绩溪人，诗人。
3 章鸿熙(1900－1946)，字衣萍，安徽绩溪人，作家。
4 锻炼周纳，意为罗织罪名，陷人于法。

的粗心和大胆。我以为中国之所谓道德家的神经，自古以来，未免过敏而又过敏了，看见一句"意中人"，便即想到《金瓶梅》，看见一个"瞟"字，便即穿凿到别的事情上去。然而一切青年的心，却未必都如此不净；倘竟如此不净，则即使"授受不亲"，后来也就会"瞟"，以至于瞟以上的等等事，那时便是一部《礼记》，也即等于《金瓶梅》了，又何有于《蕙的风》？

二，胡君因为诗里有"一个和尚悔出家"的话，便说是诬蔑了普天下和尚，而且大呼释迦牟尼佛：这是近于宗教家而且援引多数来恫吓，失了批评的态度的。其实一个和尚悔出家，并不是怪事，若普天下的和尚没有一个悔出家的，那倒是大怪事。中国岂不是常有酒肉和尚，还俗和尚么？非"悔出家"而何？倘说那些是坏和尚，则那诗里的便是坏和尚之一，又何至诬蔑了普天下的和尚呢？这正如胡君说一本诗集是不道德，并不算诬蔑了普天下的诗人。至于释迦牟尼，可更与文艺界"风马牛"了，据他老先生的教训，则做诗便犯了"绮语戒"[1]，无论道德或不道德，都不免受些孽报，可怕得很！

---

1 "绮语戒"，佛家的禁戒之一。

三，胡君说汪君的诗比不上歌德和雪利[1]，我以为是对的。但后来又说，"论到人格，歌德一生而十九娶，为世诟病，正无可讳。然而歌德所以垂世不朽者，乃五十岁以后忏悔的歌德，我们也知道么？"这可奇特了。雪利我不知道，若歌德即Goethe，则我敢替他呼几句冤，就是他并没有"一生而十九娶"，并没有"为世诟病"，并没有"五十岁以后忏悔"。而且对于胡君所说的"自'耳食'之风盛，歌德，雪利之真人格遂不为国人所知，无识者流，更妄相援引，可悲亦复可笑！"这一段话，也要请收回一些去。

我不知道汪君可曾过了五十岁，倘没有，则即使用了胡君的论调来裁判，似乎也还不妨做"一步一回头瞟我意中人"的诗，因为以歌德为例，也还没有到"忏悔"的时候。

临末，则我对于胡君的"悲哀的青年，我对于他们只有不可思议的眼泪！""我还想多写几句，我对于悲哀的青年底不可思议的泪已盈眶了。"这一类话，实在不明白"其意何居"。批评文艺，万不能以眼泪的多少来定是非。文艺界可以收到创作家的眼泪，而沾了批评家的眼泪却是污点。胡君的眼泪的确洒得非

---

1 雪利，通译雪莱。

其地，非其时，未免万分可惜了。

　　起稿已完，才看见《青光》上的一段文章，说近人用先生和君，含有尊敬和小觑的差别意见。我在这文章里正用君，但初意却不过贪图少写一个字，并非有什么《春秋》笔法。现在声明于此，却反而多写了许多字了。

十一月十七日。

（最初发表于1922年11月17日《晨报副刊》）

即小见大

北京大学的反对讲义收费风潮，芒硝火焰似的起来，又芒硝火焰似的消灭了，其间就是开除了一个学生冯省三。

这事很奇特，一回风潮的起灭，竟只关于一个人。倘使诚然如此，则一个人的魄力何其太大，而许多人的魄力又何其太无呢。

现在讲义费已经取消，学生是得胜了，然而并没有听得有谁为那做了这次的牺牲者祝福。

即小见大，我于是竟悟出一件长久不解的事来，就是：三贝子花园里面，有谋刺良弼和袁世凯而死的四烈士坟，其中有三块墓碑，何以直到民国十一年还没有人去刻一个字。

凡有牺牲在祭坛前沥血之后，所留给大家的，实在只有"散胙"[1]这一件事了。

十一月十八日。

（最初发表于1922年11月18日《晨报副刊》）

---

1 "散胙"，旧时祭祀以后，散发祭祀所用的肉。

望勿"纠正"

汪原放[1]君已经成了古人了，他的标点和校正小说，虽然不免小谬误，但大体是有功于作者和读者的。谁料流弊却无穷，一班效颦的便随手拉一部书，你也标点，我也标点，你也作序，我也作序，他也校改，这也校改，又不肯好好的做，结果只是糟蹋了书。

《花月痕》本不必当作宝贝书，但有人要标点付印，自然是各随各便。这书最初是木刻的，后有排印本；最后是石印，错字很多，现在通行的多是这一种。至于新标点本，则陶乐勤君序云，"本书所取的原本，虽属佳品，可是错误尚多。余虽都加以纠正，然失检之处，势必难免。……"我只有错字很多的石印本，偶然对比了第二十五回中的三四叶，便觉得还是石印本好，因为陶君于石印本的错字多未纠正，而石印本的不错字儿却多纠歪了。

---

1 汪原放（1897—1980），安徽绩溪人，出版家。

"钗黛直是个子虚乌有，算不得什么。……"

这"直是个"就是"简直是一个"之意，而纠正本却改作"真是个"，便和原意很不相同了。

"秋痕头上包着绉帕……突见痴珠，便含笑低声说道，'我料得你挨不上十天，其实何苦呢？'

"……痴珠笑道，'往后再商量罢。'……"

他们俩虽然都沦落，但其时却没有什么大悲哀，所以还都笑。而纠正本却将两个"笑"字都改成"哭"字了。教他们一见就哭，看眼泪似乎太不值钱，况且"含哭"也不成话。

我因此想到一种要求，就是印书本是美事，但若自己于意义不甚了然时，不可便以为是错的，而奋然"加以纠正"，不如"过而存之"，或者倒是并不错。

我因此又起了一个疑问，就是有些人攻击译本小说"看不懂"，但他们看中国人自作的旧小说，当真看得懂么？

一月二十八日。

这一篇短文发表之后，曾记得有一回遇见胡适之先生，谈到汪先生的事，知道他很康健。胡先生还以为我那"成了古人"云云，是说他做过许多工作，已足以表见于世的意思。这实在使我"诚惶诚恐",因为我本意实不如此,直白地说,就是说已经"死掉了"。可是直到那时候,我才知这先前所听到的竟是一种毫无根据的谣言。现在我在此敬向汪先生谢我的粗疏之罪,并且将旧文的第一句订正,改为:"汪原放君未经成了古人了。"一九二五年九月二十四日,身热头痛之际,书。

（最初发表于1924年1月28日《晨报副刊》）

编纂后记

1963年，我从山东师院（现称山东师大）中文系毕业，与三位学兄一起到泰山脚下的山东省泰安教师进修学校（后来称为泰安半工半读师范专科学校——泰安工读师专，泰安师范专科学校——泰安师专。现称泰山学院）报到。那时，我21岁，身高1.7米，体重88斤。

后来才知道，毕业前夕，山师中文系冯光廉先生等好几位教研室主任一起向中文系领导建议让我留校任教，系领导也就同意，但因为种种原因，审查没有通过。

把我从中文系近两百名应届毕业生中挑出来送到高校任教的，是业师书新先生。那年，他从山东师院中文系副主任调任山东省泰安教师进修学校中文科并任科主任时，提出两个条件：一是泰安出一笔钱，让他到上海选购一批组建中文科资料室必需的图书杂志；二是挑选四个应届毕业生去泰安——于是，我就这样和三位学兄一起，不知不觉完成了从学生到教师的转换。

在泰安，我被分配到函授中文组教古代文学，从《诗经》的《七月》教到《牡丹亭》《红楼梦》的节选。我刚刚摸到一点点门径，1964年，又奉命改教现代文学。面对这种无法拒绝但又不知道如何应对的学校决定，我想起在山师教我们现代文选的书新先生。他笑嘻嘻地带我到济南向真正的现代文学专家田仲济先生请教——于是我因缘际会走进了中国现代文学这一决定了我一生命运的学术王国。

1973年暑假，被山东省教育厅军代表曹同志指令迁移到曲阜与曲阜师院合并的山东大学中文系现代文学教研室的诸位先生，邀请山东师院中文系现代文学教研室的同行，到曲阜研讨此时此刻的教学问题，书新先生被他在山师的同事邀请，他还带我同行。路上，山师的老师们建议泰安师专的现代文学教研组编写一部用鲁迅自己的话，说明鲁迅到底是个什么人的鲁迅语录。我们欣然赞同，回校后马上动手。

这本后来定名为《鲁迅生平自述辑要》的书稿，写得颇为艰难。主要是我的课时太多了，最多时每周三十节，即周一到周六，每上午四节，周一、三、五下午各两节，周二下午政治学习，周四下午业务学习，都是"雷打不动"的。记得我曾以课文《武松打虎》为例，参加集体备课。我当时以《矛盾论》为指导思想，把武松和老虎看作一对矛盾，开始时老虎是矛盾的主要方面，后来武松经过主观能动性的出色发挥，终于变被动为主动，转化为矛盾的主要方面，从老虎要吃掉武松转化为武松打死老虎——是矛盾"有条件转化"的好例证。这叫活学活用，当时很受夸奖。编书的时间，就只能安排在深夜。

1974年底，书编完了，出版又成为问题。原来是打算以《山东师范学院学报》增刊的名义印行，但书稿编成后，字数太多，增刊"吃不下"。于是山师的老师们推荐到山东人民出版社，好长时间也没有下文。直到1975年，事情才有了转机。这年10月25日，鲁迅的儿子周海婴根据胡乔木的建议给毛泽东主席写了一封信，请求出版鲁迅的全部著作。11月1日，毛主席批示："我赞成周海婴同志的意见。请将周信印发政治局，并讨论一次，作出决定，立即实行。"[1]国家出版事业管理局为此做出规

1 中共中央文献研究室，邓小平年谱（1975－1997），中央文献出版社2007年版，第124页。

划：立即着手出版《鲁迅日记》《鲁迅书信集》，重新编注《鲁迅全集》。中共中央和毛主席于1975年12月5日批准了这个规划。为具体贯彻这一重要指示，1976年4月，国家出版事业管理局在济南主持召开了鲁迅著作注释工作座谈会，传达并讨论毛主席的批示，有力地推动了工作的进展速度。1976年7月，《鲁迅日记》出版；8月，《鲁迅书信集》出版。经中共中央批准的鲁迅著作注释工作座谈会在济南召开，这是山东的大事兼喜事，当然最好是拿出一部鲁迅研究的著作，才对得起这样隆重的节庆。不知哪位先生说起我们这本搁置已久的书稿，据说领导当场就拍板，将其作为山东的重点书目推出。山东人民出版社要求我们充分利用新出版的《鲁迅日记》与《鲁迅书信集》，一则丰富若干细节，同时可以澄清若干人为的谜团与假象，尽量回归鲁迅生平与写作的本真面目。

1979年，这部"起死回生"的书，经过几年的打磨修改，终于由山东人民出版社推出。那时出书是没有稿费一说的，更没有什么"出版合同"。责任编辑向社领导打报告，以刘某家庭生活困难为由，申请到"生活补助费"600元。书新先生领到后，立马写信让我到山师去取。他刚刚调回济南，还住在学生宿舍楼底层一间拐角的房子里。我到他住处，只见他左顾右盼，确信四周没有人看见，才从盛面粉的小缸底部取出用报纸层层包裹的600元。然后说，这里不安全，到操场上去分吧。先是让我"站岗放哨"，他来点钱，然后他"望风"，让我"复查"。我拿到300元后，他叮嘱我要分成5份，分装在不同的口袋及人造革提包里带回泰安……

鉴于种种原因，我们没有以真名署为作者，而是化名为"舒汉"。"舒"字谐音书新的书，"汉"则取自先父为我取的原名"醒汉"。从那时到现在，很少有人知道这是我们师生合作的产物。

当我出版这第一部书的时候，吴福辉、钱理群、王富仁等略略年长于我的学者，还都是在读的学生；而今，他们在学术上的建树早已令我难以望其项背了。这部书，倒成了我出道早、进步慢的佐证！真令人浩叹天道之诡异。但也并不尽然。2006年，我到上海鲁迅纪念馆参观，馆里的李浩先生带我参观他们的一面展览墙，上面密密麻麻排列着各个时期出版的鲁迅研究著作。他指着《鲁迅生平自述辑要》对我说：这是新时期出版较早的一部书，可惜不知道作者。我不禁失笑起来，说这回他问对人了，作者之一，就是鄙人！他颇为吃惊，说这部书很有价值，应该重排再版。我也很兴奋，希望能够重新编排，以全新的面目，告慰书新先生。但联系了几家出版社，都未获出版机会——我只有再一次长叹。

前不久，老朋友魏建老师和济南出版社的编辑先后联系我，说济南出版社有给当下的青年读者编纂一本展现鲁迅自评其文学作品的读物的意向。我无法请教谢世多年的书新先生了，但自以为这样做应该符合已故先师的意愿，就答应下来。而且从1974年完成《鲁迅生平自述辑要》的初稿，到如今恰好五十个年头。五十年风雨兼程，半世纪岁月如歌——冥冥中好像是我从事鲁迅研究的开端与终点的回环照应，更可以看作自我生命的一番更新、一度升华！

当然，此番设想能否成为现实，除去自己的努力，特别是与出版方的精诚合作以外，四方师友的指导帮助，更是决定的关键。

衷心感谢玉成此事的魏建老师和济南出版社的编辑们。

刘增人
2024年12月